从文本到叙事

CONG WENBEN DAO XUSHI

王彬 著

人民出版社

王彬，北京人。鲁迅文学院研究员。

致力于叙事学、中国传统文化与北京地方文化研究。在叙事学方面，结合中国传统考订方法对小说进行研究，提出第二叙述者、叙述者解构、动力元、滞后叙述、漫溢话语等观念；在中国传统文化方面，侧重研究中国封建社会的禁书与文字狱，是研读中国古代禁书最多的学者；在北京地方文化方面，从城市演变与城市美学角度，对城市形态进行分析，由此提出微观地理构想，参与了许多旧城保护与北京奥林匹克体育公园规划。

学术著作有：《红楼梦叙事》、《水浒的酒店》、《无边的风月》、《中国文学观念研究》、《禁书　文字狱》、《北京老宅门（图例）》、《北京街巷图志》、《胡同九章》与《北京微观地理笔记》。

文学作品有：《沉船集》、《旧时明月》等散文集。

主编有：《清代禁书总述》、《北京地名典》以及丛书多种。

序

1982 年，孙犁把两则很短的小说投给某家文学刊物，但是被退了回来。

孙犁又投给另一家文学刊物，很快便刊登出来了。

从 1981 年 11 月 24 日到 1989 年 1 月 16 日，不到两个月，孙犁创作出三十篇同样体裁的小说，后来以“芸斋小说”为题结集出版。这些小说采用了许多熟人与朋友的事迹，且在大部分篇幅的末尾模仿《史记》中的“太史公曰”与《聊斋志异》中的“异史氏曰”，缀以“芸斋主人曰”而对小说中的故事与人物进行议论与评介 。[1]

按照西方传统的小说（fiction：虚构故事的散文）理念，小说是虚构文体，当时给孙犁退稿的编辑很可能便是秉承西方传统小说理念，而拒绝接受他的这种文体的小说，孙犁坚持以“小说”而不是其他文体命名，必然有他对小说理念的理解与对小说文体的追求，很可能是他对中国传统小说理念的回归与认知。

在我国文化传统中，小说属于诸子百家，小说家不是单纯讲故事的人。民国四年（1915）江阴缪荃孙刊印了一本小书，收录七个短篇话本，以《京本通俗小说》的形式在坊间流行，开卷是宋人的《碾玉观音》，讲述两个年轻人，一个是王府绣娘，一个是王府里制玉的匠人，他们二人在没有得到郡王的准许下，私自结合而受到以生命为代价的惩罚，这么一个悲惨的故事。在“说话”，也就是讲故事之前，作者引用了大量与春天相关的诗词。

第一首是《鹧鸪天》，描写初春景象：“东郊渐觉花供眼，南陌依稀草吐芽”；[2]第二首也是《鹧鸪天》，歌咏仲春的景致：“杏花出落疏疏雨，杨柳轻摇淡淡风”；[3]第三首还是《鹧鸪天》，感叹暮春飘零：“小桥杨柳飘香絮，山寺绯桃散落红”。[4]之后，引出了王荆公、苏东坡、秦少游，邵尧夫、曾两府、朱希真等人所做的诗，再后是苏小妹，她吟哦了一首《蝶恋花》，都认为春天的归去与物象有关——王荆公认为是春风，苏东坡认为是春雨，秦少游认为是柳絮，也有人认为是燕子或者黄莺将春天衔走了。最后，王岩叟全盘否定，他认为：“也不干风事，也不干雨事，也不干柳絮事，也不干蝴蝶事，也不干黄莺事，也不干杜鹃事，也不干燕子事”，[5]而是时间到了，春天只有三个月，九十日春光已过，春天自然要回去了：

怨风怨雨两俱非，风雨不来春亦归。
腮边红褪青梅小，口角黄消乳燕飞。
蜀魄健啼花影去，吴蚕强食柘桑希。
直恼春归无觅处，江湖辜负一蓑衣！[6]

在小说发端之前，为什么要援引这样多诗词？书中解释是因为有个咸安郡王，“怕春归去，将带着许多钧眷游春。”[7]从情节演绎的角度看，这样的解释是十分勉强的。因为这些诗词不是故事变异的元素，而与情节演变无关。但是“说话的”，也就是作者，却不避啰唆而娓娓道来，表现一种无关故事的兴趣。

《碾玉观音》是我国优秀的话本小说，这样的小说是在书场搬演给听众的，书场流行这样的小说，说明听众对它的喜爱，《碾玉观音》的作者之所以敢于如此大幅度地脱离故事而援引诗词，根本的原因是中国传统小说的理念与西方不同，不是简单地通过故事愉悦读者，而是将其归入诸子百家之中，就此而言，西方晚近以来注重小说的文化性，与我国传统的小说理念难免重合而有异曲同工之妙。然而，现实是1919年以后，我国主流文坛全盘西式，传统文学被边缘化了，因此研究我国小说的叙事经验，往往不得不返身回顾旧有样式，既要梳理传统，也要梳理当下的叙事经验，才能形成我国本土的文学理论。

20 世纪 80 年代，叙事学引入我国，曾经流行了短暂时间，但很快被文化主义的浪潮所湮没，学人以谈文化为时尚而很少有人谈叙事学了。但是，叙事学所揭示的对小说的科学性分析，至今是研究的指南与工具，需要赓续与发展，而作为中国的学人一方面要继承本土根脉，同时也要融通西学，站在中西学术的节点上创建本土话语体系。奉献给读者的这本小书，便是我多年研治叙事理论——从文本到叙事的一点心得与体会。古希腊的哲人柏拉图说过这样一句话：神不是一切事物的起源，但是好事物的起源。文学理论也是如此，理论不是批评不是创作，但是好批评与好作品的起源，因为文学理论——包括叙事学，多少会给文学的拓荒者们提供一痕光影，哪怕是行进中驿动、幽寂的光影呢！

2016. 8. 30

【注释】

[1]《芸斋小说》(人民日报出版社，1990年1月出版)收录有：《鸡缸》、《女相士》、《高跷能手》、《言戒》、《三马》、《亡人逸事》、《幻觉》、《地震》、《还乡》、《小混儿》、《修房》、《玉华婶》、《葛覃》、《春天的风》、《1976年》、《小D》、《王婉》、《杨墨》、《杨墨续篇》、《鱼苇之事》、《一个朋友》、《冯前》、《无花果》、《颐和园》、《宴会》、《蚕桑之事》、《罗汉松》、《石榴》、《续弦》、《我留下了声音》等三十篇小说。

其中，五篇没有，另外二十五篇均采取了“芸斋主人曰”式的结尾，比如《女相士》记述“文革”中，作者结识了一位女士，这位女士精于相面，解放前曾以相面所得在长沙“自盖洋楼两座”。小说的结尾是：“芸斋主人曰：杨氏之术，何其神也！其日常亦有所调查研究乎？于时事现状，亦有所推测判断乎？盖善于积累见闻，理论联系实际者矣！‘四人帮’灭绝人性，使忠诚善良者，陷入水深火热之中，对生活前途，丧失信念；使宵小不逞之徒，天良绝灭，邪念丛生。十年动乱，较之八年抗战，人心之浮动不安，彷徨无主，为更甚矣。惜未允许其张榜坐堂，以售其技。不然所得相金，何止盖两座洋楼哉！”

[2][3][4][5][6][7]《京本通俗小说》，第1页、1页、1页、3页、3页、3页。上海古籍出版社，1988年2月。

目录 Contents

第三章　人物聚焦与滞后叙述

第四章　小说中的动力元

第五章　伪时间

第九章　变异话语

第十章　漫溢话语

附　录

后　记

第一章

解构的叙述者

提　要　叙述者是作者创造的第一个人物形象，作为小说的虚拟主体，承担着叙事职能，是小说的基础与灵魂。叙述者不是单一、固定、一成不变的。小说的实践者总是尝试对叙述者进行各式各样的解构，试图以此为出发点而对小说的艺术形式进行探索与创新。文本不同，流派不同，叙述者的解构方式也不尽相同，从而表现出对叙述形式的无尽追求。

关键词　叙述者　解构

小说是叙事的艺术。叙事源于叙述者。由于小说是叙述者讲述的故事，故而叙述者是母体，而其他，诸如人物、情节、议论，乃至情愫、情调、境界都出于这个母体的创造。因此，叙述者作为叙事的承担者乃是小说的基础、核心与灵魂。

所以如此，在于小说是虚构的艺术，作者不能直接只能间接地通过叙述者进入文本。因此，叙述者的存在，犹如一个中转机构或者一面镜子，将真实的第一意义的现实，转化为虚构的第二意义的现实，并由此折射出审美价值与认知意义。

从这个角度说，叙述者是作者创作的第一个人物。其他人物都是通过叙述者讲述出来的，或者说是这个人物的衍生物，因此确定好了叙述者——他的形象与他的叙述角度，小说也就奠定了扎实的基础。

但是，叙述者不是单一、固定、一成不变的。小说的实践者总是，尤其是在进入 20 世纪以后，尝试对叙述者进行各式各样的解构，试图以此为出发点而对小说的艺术形式进行探索与创新。就此而言，叙述者解构乃是小说艺术形式变迁的核心与基础。

一　解构为叙述集团

众多小说的叙述者往往是单一的，这是叙述者的基本模式。由于这种模式的存在，使得叙述者具有了解构的可能，进而造成小说分层，使得不同的叙述者既可以处在同一层面，也可以处在不同的层面。层面不同，叙述者的身份也不同。根据叙述层面的区别，叙述者可以解构为超叙述者、叙述者与次叙述者三种基本形式。处于第一个层面的叙述者是超叙述者，处于第二层面的是叙述者，处在第三层面的是次叙述者，从而形成叙述等级。如果在超叙述者之上还有叙述者，在次叙述者之下还有叙述者，那么，这个叙述的形式便可以无限制地向上伸展与向下延伸。在这样的叙述等级中，每一个叙述者都可以是上层叙述者的给予，同样，每一个叙述者也都是提供下层叙述者的源泉。对此，每一篇小说都有选择的可能与自由。鲁迅的短篇小说《狂人日记》便选择了超叙述者与叙述者的两种形式。

小说十三节，正文之前是小引：

某君昆仲，今隐其名，皆余昔日在中学时良友；分隔多年，消息渐阙。日前偶闻其一大病；适归故乡，迂道往访，则仅晤一人，言病者其弟也。劳君远道来视，然已早愈，赴某地候补矣。因大笑，出示日记二册，谓可见当日病状，不妨献诸旧友。……今撮录一篇，以供医家研究。记中语误，一字不易；惟人名虽皆村人，不为世间所知，无关大体，然亦悉易去。至于书名，则本人愈后所题，不复改也。七年四月二日识。[1]

下面的故事则如此开端：

今天晚上，很好的月光。

我不见他，已是三十多年；今天见了，精神分外爽快。才知道以前的三十多年，全是发昏；然而须十分小心。不然，那赵家的狗，何以看我两眼呢？[2]

对照小引与正文，可以看出小引中的“余”与正文中的“我”处于不同层面，而且前者是源后者是流。前者是超叙述者，后者是叙述者，前者提供后者。但是，前者只是短暂的叙述者，后者则是叙述主体，故事是由后者完成的。为了区别两个不同层次的叙述者，作者采用了文言与白话两种体系，并且用文言的第一人称“余”与白话的第一人称“我”

分别叙述，从而将超叙述层与叙述层剥离开来。

如果在“我”之下还有另外一个叙述者叙述故事，那么便出现了第三个叙述者，即：次叙述者。次叙述者所讲述的故事，我们称之为次叙述。我国古代著名的长篇小说《红楼梦》便采取了三个层次的叙述方式。小说开端道：“列位看官：你道此书从何而来？说起根由，虽近荒唐，细按则深有趣味。待在下将此来历注明，方使阅者了然不惑。”[3] 由此引出下一个层次的叙述者，这个叙述者是一块女娲补天未用，灵性已通，自称“蠢物”的顽石。根据上面叙述者分层的原则，可知是“在下”提供了“蠢物”，属于超叙述者；“蠢物”处于下一个层面，属于叙述者。而在“蠢物”讲述的故事里，比如故事中的人物刘姥姥又再讲故事，这样便出现了更低的叙述层，也就是次叙述，刘姥姥则是这个层面的叙述者，也就是次叙述者。

与一般小说不同，《红楼梦》的叙述者不是单一的，而是一个叙述群体，在叙述者，也就是“蠢物”的周围还聚集着许多辅助的叙述者：

有个空空道人访道求仙，从这大荒山无稽崖青埂峰下经过，忽见一块石上字迹分明，编述历历。空空道人乃从头一看，原来就是无材补天，幻形入世，蒙茫茫大世、渺渺真人携入红尘，历尽离合悲欢、炎凉世态的一段故事。……空空道人听如此说，思忖半晌，将这《石头记》再检阅一遍，……虽其中大旨谈情，亦不过实录其事；又非假拟妄称，一味淫邀艳约，私订偷盟之可比。因毫不干涉时世，方从头至尾抄录回来，问世传奇。因空见色，由色生情，传情入色，自色悟空。空空道人遂易名为情僧，改《石头记》为《情僧录》。至吴玉峰题曰《红楼梦》。东鲁孔梅溪则题曰《风月宝鉴》。后因曹雪芹于悼红轩中，披阅十载，增删五次，纂成目录，分出章回，则题曰《金陵十二钗》，……至脂砚斋甲戌抄阅再评，仍用《石头记》。[4]

这些辅助的叙述者可以划分为：抄录者、更名者、整理者、评论者四个类型。如果说抄录、更改书名与评论工作不涉及文本，那么，整理者的增删工作则涉及文本，从而厕身于叙述者的行列。

但是，《红楼梦》中叙述者解构为叙述集团只是为了表现文本的传递关系，没有深入故事肌理，仅仅存留于形式之间，就此而言《红楼梦》的探索是形式重于内容。

1929 年美国作家福克纳创作了著名的长篇小说《喧哗与骚动》。这部小说是福克纳花费心血最多，也是他最喜爱的一部作品。小说的题目出自莎士比亚的悲剧《麦克白》中的一句台词：“人生如痴人说梦，充满着喧哗与骚动，却没有任何意义。”

故事发生在杰弗生镇上的康普生家。这是一个曾经显赫的家族，但是，现在没落了，弥漫着冰冷与衰败的空气。小说共四章。前三章的叙述者是康普生的三个儿子班吉、昆丁与杰生，各自讲述一遍自己的故事，叙述者均采取第一人称的叙述方式。最后一章，一位与康普生家族没有血缘关系的人充当叙述者，运用第三人称的叙述方式讲述剩余的故事。在福克纳的这部小说中，四位叙述者处在同一个叙述层面，没有人身依附关系，不存在叙述分层，故而也就不存在超叙述者、叙述者与次叙述者。

如果说，相对于《红楼梦》叙述者分解为叙述集团，更多的是形式上的意义，那么《喧哗与骚动》则运用叙述者分解为叙述集团的形式，进行多角度叙述，犹如在一个事件发生之后，新闻记者不采取自己报道的形式，却分别采访许多当事人，让他们讲述自己的所知所见，从而增强了现场感而更加真实可信，衍射出叙述者在解构为叙述集团后所产生出来的艺术魅力。

【注释】

[1][2]鲁迅：《鲁迅全集》，第一卷，第422页。人民文学出版社，1981年。

[3][4]〔清〕曹雪芹：《红楼梦》，第1页、3—6页。蔡仪江校注，浙江文艺出版社，1994年2月。

二　解构为作者与人物

我们仍抄录一段第一小节中的引文：

> 后因曹雪芹于悼红轩中，披阅十载，增删五次，纂成目录，分出章回，则题曰《金陵十二钗》。[1]

读过《红楼梦》的人都知道曹雪芹是这部伟大小说的作者，然而在小说中，他仅以加工者与整理者的身份出现。这意味叙述者在这里被解构为作者。这样的解构方式在西方小说中也不乏其例。马克·吐温是美国19世纪的著名作家，他以讽刺与幽默笔触描绘了他那一时代芸芸众生的形象。他大约在1867年创作的《我从参议员私人秘书的职位上卸任》的短篇小说，以诙谐的风格嘲讽了一个懵懂糊涂的私人秘书。内华达州的某些选民给参议员写信，要求在鲍德温家大牧场设立一所邮局，参议员嘱托他在回信的时候灵活一点，摆出理由说明没有必要在那里设立邮局。秘书便写了这样一封信：

先生们：你们要在鲍德温家大牧场那儿设立一所邮局，这究竟是为了什么呀？这样不会给你们带来任何好处的。……我总是把你们最大的利益放在心上，认为你们那样做只是在做一件装潢门面的蠢事。瞧，你们需要的倒是一所体面的监狱——一所既体面而又牢固的监狱，和一所免费的学校。这些才会给你们带来长远利益。这些才会使你们感到真正地满足和快乐。我会立即采取措施的。

您忠实的

詹姆斯·W·（美国参议员）

马克·吐温　代笔

十一月二十四日于华盛顿[2]

收到这样信件，选民们的反应是可以想见的。他们愤怒地警告参议员，只要他再进入这个选区，他们就要绞死他，而参议员也确实相信他们会这样做！

类似的这样的“光辉”作品，这位参议员的秘书还创造了许多，这里不再赘引。积累了这么多“杰作”的秘书当然只有辞职这样的选择。

在这里，信末的署名也是马克·吐温，与作者的姓名完全一致。叙述者在马克·吐温的作品中如同《红楼梦》一样，虽然相距万里，却不约而同地采取了同一解构方式。但是，也有不尽一致之处。《红楼梦》中的曹雪芹只是作为叙述者，而不是故事中的人物，更多的是形式上的解构；《我在参议员私人秘书上卸任》中的马克·吐温则不仅是叙述者，而且是故事中的人物，参与了故事的发展与演变。对于这种解构马克·吐温情有独钟，他在最负盛名的小说《竞选州长》中也运用这种方式，讲述了一个为人清廉的州长候选人在无耻政客的压力下而不得不退出竞选的故事。在这篇小说中马克·吐温同样既是叙述者也是故事中的人物，是无耻政客造谣攻击的对象："作伪证罪——现在马克·吐温先生当着群众俨然是一位州长候选人了，他是不是可以放下他那架子来解释一下：一八六三年他在交趾支那瓦加瓦克，如何经三十四位证人评断，证明他曾经作过伪证。……"[3]谣诼之下，马克·吐温只有退出竞选，因为此时他已经成为：臭名昭著的作伪证犯、蒙大拿的小偷、掘坟盗尸者、发抖颤性酒疯的人、肮脏的营私舞弊者与可恶的向陪审团行贿者，这样的马克·吐温了。

20 世纪 80 年代先锋派小说的写作在中国大陆掀起了一股小小的潮流。马原是其中的代表。他在小说《虚构》中也采取了把作者、叙述者与人物嫁接的叙述方法：

我就是那个叫马原的汉人，我写小说。我喜欢天马行空，我的故事多多少少都有那么一点耸人听闻。我用汉语讲故事；

汉字据说是所有语言中最难接近语言本身的文字，我为用汉字写作而得意。全世界的好作家都做不到这一点，只有我是个例外。[4]

马原既是小说的作者，又是叙述者，而且不是单一的叙述者。这个叙述者在小说中的身份频繁变化，一会是一位作家，一会是一位藏有一支手枪的老人，一会又转回到作家的叙述身份上。每一部分的叙述者都采取第一人称的叙述方式。"我"是一样的，但身份并不一样。在这里，叙述者被解构了，不仅被解构为作者，而且被解构为人物，不是一个，而是多个。这就意味，在先锋派小说中，叙述者不再是固定的、单一的模式，不仅被有意识地分离肢解，而且被置于飘忽不定、怪诞变幻的状态之中。中国的先锋派小说是西方现代文学的另一种表现，创作的追求不是内容与相关意义，而是超越内容、超越意义，力求通过新奇的形式，赋予世界以特殊的意义与价值。基于此，这个流派的小说不仅将故事解构、人物解构，而且将叙述形式解构。流风所及，作为叙述形式中最重要的叙述者自然被这个流派小说作为解构重点，一定要将其支离破碎而寄予某种含义，最终成为飘曳的符号。

【注释】

［1］〔清〕曹雪芹：《红楼梦》，第6页。蔡仪江校注，浙江文艺出版社，1994年2月。

［2］［3］〔美〕马克·吐温：《马克·吐温中短篇小说选》，第29、96页。叶冬心译，人民文学出版社，2001年12月。

［4］马原：《虚构》，第364页。长江文艺出版社1993年11月。

三　第一人称解构为第三人称

根据“在下”——超叙述者的交代，《红楼梦》的故事是一块受孕于天地精华的顽石，是幻形入世，历尽悲欢离合、炎凉事态以后的回忆。小说从第一回“按那石上书云”以后，便展开了顽石的自述。既然是自述，当然应该采取“我”说，通行的第一人称的叙述方式。但是，《红楼梦》不是这样，即使在顽石显身出现的时候，也仍然是以第三者的面目的出现。第十八回，元春在晋封为凤藻宫尚书，加封贤德妃以后回家省亲是《红楼梦》中十分精彩的篇章。在这一回里顽石两次显身。一次是在元春进入大观园以后，“只见园中香烟缭绕，花采缤纷，处处灯光相映，时时细乐声喧；说不尽这太平气象，富贵风流。”[1]面对此情此景，顽石不禁感叹系之：

此时自己回想当初在大荒山中、青埂峰下，那等凄凉寂寞，若不亏赖僧、跛道二人携来至此，又安能得见这般世面。

本欲作一篇《灯月赋》、《省亲颂》，以志今日之事，但又恐入了别书的俗套。按此时之景，即作一赋一赞，也不能形容得尽其妙；即不作赋赞，其豪华富丽，观者诸公亦可想而知矣。所以倒是省了这工夫纸墨，以说正经的为是。[2]

顽石的感喟“此时自己回想在大荒山中，青埂峰下”等等属于他的内心活动，其中的“自己”当然即是“我”。但是，“自己”与“我”不能够完全等同，相对于“我”而言，“自己”相对疏远，不是第一人称，在本应出现“我”的叙述中，顽石却选择了“自己”。

顽石第二次出现是在元春乘船来到蓼汀花溆之后。蓼汀花溆和有凤来仪等景点的命名原本是“贾政偶然一试宝玉之课艺才情”的文字，为什么真的被采用在匾额之上？对于这样的质疑，顽石再次显身出来进行解释：“诸公不知，待蠢物将原委说明，大家方知。”[3]依然没有采取“我”而采用“蠢物”这样的称呼。依然将第一人称的“我”处理为第三人称，以疏远的第三者的身份进行思索与议论。为什么会是这样？为什么屡屡在本应出现第一人称的时候解构为第三人称？答案是这样的解构在中国古代文学作品中有着长久的传统而多有体现。比如王充《论衡》中的《自纪篇》：“王充者，会稽上虞人也，字仲任。其先本魏郡元城，一姓孙。几世尝从军有功，封会稽阳亭。一岁仓卒国绝，因家焉。以农桑为业。”[4]《自纪篇》是王充自传，但是在指称上不是采用“我”，而是采用王充的姓名，从而将本应是第一人称的叙述者转化为第三人称。这种转化的方式可以追溯到司马迁的《太史公自序》，在这篇自传式的文章中，司马迁在谈到自己的时候，也是回避“我”，而用自己的名字“迁”——“迁生龙门”，[5]来代替。这种解构是中国文学也是中国史传的叙述传统，这种只有把个人消泯于集体，在集体之中讲述个人，才能确立个人的价值的叙述手法反映在小说中的叙述者，其意义便在于当着摒弃第一人称而使用第三人称的时候，叙述者不再陷于个人，而是站在客观的立场进行叙述，此时不仅是作者，而且是作者与读者共同支撑着文本，从而获得艺术的真实。

这样的解构手法，在国外的文学作品中也可以寻找到例证。日本作家阪田宽夫作词的童谣《小幸子》也是这样。歌词是这样的：

小幸子，小幸子，你的名字叫幸子。
真的哟，不骗你。
你还小，不懂事，也叫自己小幸子。
真有趣，小幸子！[6]

小幸子年龄幼小，还处于童真时代，不能够辨析自我与非我之间的区别，从而随同他人而也把自己叫做“小幸子”。这种自我的缺失，是通过社会的补偿来得到确立的，当然与《红楼梦》不同。对小幸子，迷失自我是自我的无意识，而《红楼梦》，则是集体无意识的沉迷。但是，在传统的作家笔底，这种沉迷是在无意识之中仍然保持清醒，千方百计地搭建津梁，通过异化的时间与空间进行中转，在自称为“蠢物”的背后设计一块与天地之灵相通的石头，从而为这种解构提供可信的依据，相对于先锋派彻底的无条件、无限制，极端追求形式的怪异与新奇而呈现出荒唐凌乱的解构，自然要折射出不同文学流派对于叙述者解构的不同追求。所以会出现这些繁复的解构，归根结底在于叙述者源于作者，无论是解构为作者还是解构为人物，甚至符号，都不过是作者的叙述策略，只是策略的指归不同而已。

2006. 8. 5

【注释】

［1］［2］［3］〔清〕曹雪芹：《红楼梦》，第228、228、229页。蔡仪江校注，浙江文艺出版社，1994年2月。

［4］〔汉〕王充：《论衡》，第447页。上海人民出版社，1974年9月。

［5］〔汉〕司马迁：《史记》，第3293页。中华书局，1975年3月。

［6］转引自〔日〕川合康三：《中国的自传文学》，第47页注释［4］。蔡毅译，中央编译出版社1999年4月。

第二章

第二叙述者

提　要　叙述者是小说，也是叙事学中一个重要而复杂的问题。有的小说不只有叙述者，其背后，还有第二叙述者，如果叙述者与第二叙述者的取向不一致，便会造成叙事歧义而形成不可靠叙述。与叙述者一样，第二叙述者也是作者的虚拟人物；与叙述者不同的是，第二叙述者不是具体可感，而是以抽象的形式渗透在文本之中，读者可以绕过叙述者与第二叙述者进行秘密交流。第二叙述者可以全局渗透，也可以局部渗透，从而容纳多元化声音，编织富有弹性的艺术张力。

关键词　第二叙述者　局部的第二叙述者　叙述策略　变调

传统的小说研究大体分为两个方向。一是从写作学的角度，一是从诗学的角度进行研究。前者流于琐碎而形而下，后者流于空洞而形而上，都没有对小说的本质与形态进行科学界定。

20世纪60年代以后，叙事学的出现改变了这一现象。叙事学指出，小说的本质是叙事，是一种用书面语言叙述虚构事件的艺术。从而为小说的存在形态奠定了科学基础。那么，什么是叙述？里蒙－凯南指出，所谓叙述，至少应该包括这样两个内容：“（1）把叙述内容作为信息由发话人（addresser）传递给受话人（addresscee）的交流过程；（2）用来传递这个信息的媒介具有语言（verbal）性质”。[1]这个信息的发话人便是小说中的叙述者。换言之，叙事是通过叙述者叙述完成的。

既然小说的本质是叙事，既然这个过程是通过叙述者完成的，那么，有关叙述者的研究自然是叙事学的核心问题。

但是，在研究这个问题的时候，我们往往会感到，这是一个并不那么单纯的问题。在叙述者的背后，有时候，还存在着另外一个叙述者，以隐蔽的方式，秘密地干扰我们、交流我们，使我们感到复杂与困惑。

【注释】

［1］［以色列］里蒙－凯南：《叙事虚构作品》，第4页。瑶锦清等译，三联书店，1989年2月。

一　第二叙述者

1919 年 4 月，鲁迅在《新青年》第六卷第四号发表了短篇小说《孔乙己》。小说中的叙述者是一个负责温酒的小伙计，通过他的视角，刻画了一个穷困潦倒的旧文人形象。小说的题旨是深刻的，时至今日，仍然弥漫着恒久的艺术魅力。但是，问题在于，小伙计是一个文化水准不高的人，《孔乙己》的文本则典雅、深邃，从而难免使人怀疑叙事的真实性。

按照小说交代：

我从十二岁起，便在镇口的咸亨酒店里当伙计，掌柜说，样子太傻，怕伺候不了长衫主顾，就在外面做点事罢。外面的短衣主顾，虽然容易说话，但唠唠叨叨缠夹不清的也很不少。他们往往要亲眼看着黄酒从坛子里舀出，看过壶子底里有水没有，又亲眼看将壶子放在热水里，然后放心：在这严重监督之下，羼水也很为难。所以过了几天，掌柜又说我干不了这事。幸亏荐头的情面大，辞退不得，便改为专管温酒的一种无聊职务了。

我从此便整天的站在柜台里，专管我的职务。虽然没有什么失职，但总觉有些单调，有些无聊。掌柜是一副凶面孔，主顾也没有好声气，教人活泼不得；只有孔乙己到店，才可以笑几声，所以至今还记得。[1]

这说明，孔乙己的故事属于陈年往事，是小伙计的回忆。孔乙己的故事是通过成年伙计讲述出来的。换言之，少年伙计的背后应该有一个成年且有文化的伙计。

奥地利作家卡夫卡写过一部著名的长篇小说《城堡》，叙述一个土地测量员 K，受城堡当局之聘，准备进入城堡。但是，从他来到城堡所辖村子的当夜，便受到种种阻挠，不能够进入，直到最后也没有进入城堡，从而刻画出一种荒诞、神秘、梦魇的氛围。

小说这样开端：

K 到村子的时候，已经是后半夜了。村子深深地陷在雪地里。城堡所在的那个山冈笼罩在雾霭和夜色里看不见了，连一星儿显示出有一座城堡屹立在那儿的亮光也看不见。K 站在一座从大路通向村子的木桥上，对着他头上那一片空洞虚无的幻景，凝视了好一会儿。[2]

K于是向前走，寻找投宿的地方。他找到了一家客栈。客栈的老板没想到这么晚了，还有客人来，心里很不高兴，但他还是“愿意让K睡在大厅里的草包上”。[3]K接受了这个建议，很快在草包上睡着了。但是K很快给人叫醒了。一个年轻的小伙子对他说，没有伯爵的许可，谁也不能在这儿耽搁。K反问道；“我这是闯进了哪个村子啦？这儿有一座城堡吗？”[4]

在《城堡》这篇小说里，叙述者附着在K的身上，采取内聚焦的叙述方式，通过K的眼睛观察环境，因此在K的聚焦中，他的所见与所知，自然是有限度的。基于这个原则，考察上面的引文，便难免不产生疑问：K既然是第一次来到这里，又没有人告知城堡所在的位置，而且黑夜之中没有一星儿光亮，K怎么能够知道城堡在山冈之上？“城堡所在的那个山冈笼罩在雾霭和夜色里看不见了，连一星儿显示出有一座城堡屹立在那儿的亮光也看不见”，这样的叙述怎么可能出自K的聚焦？显然，城堡在山冈上的叙述出自另外的叙述者，在K的背后还应该有一个叙述者，这个叙述者可以见到K所见不到的事物，没有这个叙述者，关于城堡的叙事便难以进行下去。这就是说，由于内聚焦而产生的叙述断裂，是通过其他形式的聚焦进行修补的。

小伙计背后的叙述者，使小伙计的叙述充满了魅力；K

背后的叙述者使K得以摆脱内聚焦的尴尬。

这样的叙述者，叙述者背后的叙述者，称为第二叙述者。[5]

与叙述者不同，叙述者是具体的，是叙述主体，比如《孔乙己》中的小伙计、《城堡》中的K，没有这个叙述主体，叙事便不能够展开；第二叙述者则是非具体的，是一种抽象存在，潜藏于叙述者之后。这些潜藏者，幽灵一般无处不在。读者可以绕过叙述者，与他们进行交流，从而对叙述者的议论、情感、价值观与文化品位，进行观察与思索，采取一种评鉴、肯定、疑虑或者反对的态度。

小说的核心是叙述者，但并不是每一篇小说都有第二叙述者。比如，法国著名作家福楼拜的长篇小说《包法利夫人》，开篇首句是：

> 我们正上自习，校长进来了。后面跟着一个没有穿制服的新生和一个端着一张大书桌的校工。正在睡觉的学生惊醒了，个个起立，像是用功被打断了的样子。[6]

这个新生就是包法利，一个乡下孩子，十五岁光景，又懂事又很窘，“个子比我们哪一个人都高。”[7]“我们”是包法利的同学，在这里被装扮成叙述者的姿态，讲述他们第一次见到包法利的情景。自此之后，“我们”从文本中消失、隐匿起来，成为隐身的叙述者。但无论是显身的“我们”，还是隐身的“我们”仍然是同一个叙述者，其背后，不存在第二个讲故事的人。

【注释】

［1］鲁迅：《鲁迅全集》，第一卷，第434—435页。人民文学出版社，1987年。

［2］［3］［4］［奥］弗郎茨·卡夫卡：《城堡》，第1页、1页、2页。汤永宽译，上海译文出版社，1980年1月。

［5］第二叙述者不是隐含作者。美国学者w·c·布斯在他的《小说修辞学》中提出隐含作者的概念，他认为，作者不能进入文本，但读者又时时感到作者的存在："作者虽沉默而隐形，但却含蓄地表示赞同，甚至还要与他的叙述者共同处于困境之中。而我们现在要讨论的这种效果，则要求作者与读者背着叙述者进行秘密交流。现代小说中的叙述者，其构成特点很少完全地表现为上述二者中的任何一级，但是突出地表现为这一种或那一种，将会决定这些作品具有的效果的基本区别。在第一种情况下，即使叙述者像米兰达那样，有很严重的错误，我们也很难觉察到。在第二种情况下，我们与沉默的作者进行交流，宛如从后面来观察坐在前面的叙述者，观察他富于幽默的、或不光彩的、或滑稽可笑的、或不正当的冲动的行为举止，虽然他们可能具有某种心灵或感情上的补偿性。作者可以做出种种暗示，但是不可以说话。读者可以表示同情或哀叹，但是决不会接受叙述者作为自己可信赖的向导。"（第331页，华明　胡晓苏　周宪译，北京大学出版社，1987年10月）作者不能进入文本，隐含作者

同样也不能进入文本。因为，隐含作者是作者的一部分，如同作者只能处于文本之外，隐含作者也只能处于文本之外，只能通过中介进入，这个中介，便是叙述者与第二叙述者，这两个叙述者都是虚拟人物，只是作用不同。在不自觉中，有些文本中的第二叙述者更接近作者的取向。

[6][7][法]福楼拜:《包法利夫人》，第1页、1页。(李健吾译，人民文学出版社，1979年9月)。

二 存在方式

上节谈到，叙述者是具体存在，第二叙述者是抽象的存在，既然如此，第二叙述者以哪些方式，或者说，怎样使读者感觉到它的存在呢？我以为，至少有这样五种方式：

（一）价值取向；

（二）情感取向；

（三）文化取向；

（四）语言取向；

（五）聚焦方式。

前四种，价值、情感、文化、语言渗透于文本之中，从接受美学的角度，可以理解为读者与研究者所认定的总体判断。我们在考察价值取向的时候，有一条基本法则，即：以读者和研究者的平均态度（社会平均值）为取舍标准。这种平均值，一般说，与第二叙述者的价值取向基本是一致的。仍以《孔乙己》为例。叙述者是一个没有文化的小伙计，表层看，是对落魄文人的嘲笑与奚落，深层次的，表现于第二叙述者，则闪眨着对旁观者的冷漠与旧制度指斥的锋芒。

众所皆知，聚焦原本是指光或光子束聚焦一点。把这个概念引进叙事学，是借喻叙述者的叙述角度。根据聚焦范围，可以分为全聚焦、内聚焦与外聚焦三种形式。全聚焦是全局、总观式的。这样的叙述者称为全知的叙述者。在这种聚焦中，叙述者大于人物。内聚焦也称限知叙述。叙述者黏附在人物身上，由于这个限制，叙述者除自身之外，对其他事物只能采取观察的方式，不能进入他人的内心世界。外聚焦也称旁观式的聚焦。叙述者不能进入人物的内心世界，只能客观地记录情节发展与人物对话。内、外聚焦，均属于限知聚焦，往往产生叙述断裂而需要修补，因此很容易产生第二叙述者。

三　局部的第二叙述者

第二叙述者虽然以整体的形式存在于文本之中，但是，并不排斥变异，有时候，第二叙述者还会以局部形式出现。

《三国演义》是我国著名的长篇小说，第十六回，曹操起兵十五万征讨张绣。谋士贾诩对张绣说：“操兵势大，不可与敌。不如举众投降。”[1]曹操于是进入张绣占据的宛城，一日酒醉，问城里可有妓女，侄子曹安民告诉他，张绣叔叔张济的妻子邹氏十分美貌。曹操便叫曹安民率五十甲兵把邹氏取到军中。张绣闻听以后，极为愤怒，把贾诩找来，密谋如何杀掉曹操。张绣畏惧守护曹操大帐的将军典韦勇猛，遂与偏将胡车儿商议。胡车儿献计道：“典韦之可畏者，双铁戟耳。主公明日可请他来吃酒，使尽醉而归”。[2]次日，依计而行，胡车儿混杂在跟随典韦的士兵的队伍里，潜入典韦帐中，把典韦的双戟盗走。之后，张绣发动攻击，典韦没有了称手的兵器，力战而死，而曹操则从寨后上马逃奔，没有一兵一卒护卫，只有曹安民步随：

刚刚走到淯河边，贼兵追至，安民被砍为肉泥。操急骤马，冲波过河。才上得岸，贼兵一箭射来，正中马眼，那马扑地倒了。操长子曹昂，即以己所乘之马奉操。操上马急奔，曹昂却被乱兵射死。操乃走脱。[3]

《三国演义》是一部以封建正统思想为主旨的小说，曹操被视为国贼，张绣的部队反抗曹操，是一种正义行为，怎么能称为“贼兵”？叙述者为什么站在曹操的立场？

第五十回，赤壁鏖兵，曹操的水军被大火烧成烟尘，曹操弃船逃走，径奔乌林，正走之间，吕蒙杀到，曹操留张辽断后，抵挡吕蒙。鏖战之中，又见前面火光冲天，从山谷拥出一军，大叫：“凌统在此！”曹操肝胆俱裂，这时徐晃赶来，抵住凌统。彼此混战一场，曹操一路向北逃去。慌乱之间，看到一队马军屯在山坡前面，徐晃出问，原来是袁绍手下的降将马延、张顗的“三千北地军马，列寨在彼，当夜见满天火起，未敢转动，恰好接着曹操。”[4]这时喊声骤起，又冲出一彪人马，为首一将大呼曰：“吾乃东吴甘兴霸也！”马延正欲交锋，早被甘宁一刀斩于马下。张顗挺枪来迎，也被甘宁手起一刀，翻身落马。曹操此时丧魂失魄，只有指望驻扎在合淝的军队前来救应了：

不想孙权在合淝路口，望江中火光，知是我军得胜，便教陆逊举火为号，太史慈见了，与陆逊合兵一处，冲杀将来，操只得望彝陵而走。[5]

在《三国演义》中，交战的部队一般采取双方主将的姓、名、或者地域称谓。曹操的军队称曹军，或操军，张绣的军队称绣军，关渡之战时，袁绍的军队称绍军。曹操杀了西凉太守马腾，其子马超起兵，马超的部队称西凉兵，都是一种客观称呼，没有偏向性的主观色彩。但是，在上面的引文中，却出现了“我军”的用法，毫无疑义，叙述者站在了孙权的立场。

为什么会出现这种现象？

表层看，把张绣的军队称“贼兵”，孙权的军队称“我军”，叙述者的态度发生了变化；深层是，在叙述者的背后出现了第二叙述者。第二叙述者通过语言倾向，表明当时当地的真实态度——同情此时此刻的曹操与此时此刻的孙权，这种以局部形式出现的第二叙述者称为局部的第二叙述者。

第二叙述者与局部的第二叙述者，其共同之处是，二者都是以抽象的形式存在；区别是，前者渗透于全部文本，后者仅渗透于局部的文本之中。之所以出现局部的第二叙述者，在于当着叙述者一以贯之的态度难以贯彻的时候，便不得不在局部发生变异，需要第二叙述者进行修补，从而与叙述者共同完成小说文本。

【注释】

［1］［2］［3］［4］［5］〔明〕罗贯中：《三国演义》，第199页、200页、201页、646页、646页。〔清〕毛宗岗评改，上海古籍出版社1994年12月。

四　叙述策略

第二叙述者的存在，在相当多场合是不得已而为之的。或者说，是没有办法的办法。

与鲁迅的《孔乙己》近似的是19世纪美国作家麦尔维尔的《白鲸》。这是一部长篇小说，叙述者“我”文化水平不高，但是他的叙述，却颇有教养，从而与叙述者的身份不符。这意味，在“我”的背后，肯定也有一位叙述者。为什么会出现这种现象？

从作者的角度看，大致有这样三种解释：

（一）没有意识到这个问题；（二）意识到了，但没有解决的办法；（三）意识到了，不想解决。

从读者的角度看，意识到这个问题之后，依然接受这个文本的原因是叙述的真实性之外的其他因素，诸如：故事、形象、细节、语言、主题、风格、文化品位、地域风味、社会担当、思想批判，等等。简之，是文本的综合性，而不仅是简单的叙述者——“我”讲述的真实与否。小说的构成因素很多，叙述者讲述与叙述者身份是否相合只是一个因素，不是决定的因素。因为，归根结底，叙述者，他的叙述与身份只是叙述策略问题。

叙述者与第二叙述者的差异，可以有多种因素，诸如年龄、话语、文化、价值、审美，等等。为了消弭这种差异，一般采取模仿的办法。

詹姆斯·乔伊斯是西方20世纪著名的小说家，他的长篇小说《一个青年艺术家的画像》开卷便模仿小孩子的口吻：

从前有一个时候，而且那时正赶上好年月，有一头哞哞奶牛沿着大路走过来，这头沿着大路走过来的哞哞奶牛遇见了一个漂亮的孩子，他的名字叫馋嘴娃娃……

他的父亲跟他讲过这个故事：他父亲从一面镜子看着他：他的脸上到处都是寒毛。

他那会就是馋嘴娃娃。那头哞哞奶牛就是从贝蒂·伯恩住的那条路上走过来的：贝蒂·伯恩家出卖柠檬盘子。[1]

叙述者虽然极力模仿孩子的语气，但是，我们依然感觉到后面的叙述者。因为这仍然是书面语，一个几岁的孩子没有这样的表达能力。模仿依然不能解决问题。

虽然如此，意识与不意识，还是大不一样。因为，意识到这个问题，便可以利用这个差异制造间离效果，[2]制造不可靠叙述，进而产生变调。[3]当着不可靠叙述，或者变调突显出来的时候，叙述便出现了分层。我们应该相信哪一种叙述？读者自然不能不脱离文本而进行思索。这样的效果在单一叙述者的小说中是难以发生的。第二叙述者的存在可以强化文本内部的戏剧冲突、容纳多种声音，从而增强艺术张力。

但是，第二叙述者能否颠覆叙述者，是一个复杂问题。因为，第二叙述者不过是叙述者的一种修补，修补得好，可以产生变调，反之，则否，甚至产生相反的坏作用。意识到这个问题，就从必然王国过渡到自由王国，从而使小说的实践多了一种自觉自愿的艺术选择。道理是，两个叙述者的唠叨总比一个叙述者的独白而丰饶多姿。

【注释】

［1］〔爱尔兰〕詹姆斯·乔伊斯：《一个青年艺术家的画像》，第1页。黄雨石译，外国文学出版社，1983年5月。

［2］变调不是复调。巴赫金说："有着众多的各自独立而不相融合的声音和意识，由具有充分价值的不同声音组成真正的复调——这确实是陀思妥耶夫斯基长篇小说的基本特点。在他的作品里，不是众多性格和命运构成一个统一的客观世界，在作者统一的意识支配下层层展开；这里恰是众多的地位平等的意识连同它们各自的世界，结合在某个统一的事件之中，而相互间不发生融合。陀思妥耶夫斯基笔下的主要人物，在艺术家的创作构思之中，便的确不仅仅是作者议论所表现的客体，而且也是直抒己见的主体。因此，主人公的议论，在这里绝不只局限于普通的刻画性格和展开情节的实际功能（即为描写实际生活所需要）；与此同时，主人公议论在这里也不是作者本人的思想立场的表现（例如像拜伦那样）。主人公的意识，在这里被当作是另一个人的意识，即他人的意识；可同时它却并不对象化，不囿于自身，不变成作者意识的单纯客体。在这个意义上说，陀思妥耶夫斯基笔下的主人公形象，不是传统小说中一般的那种客体性的人物形象。

陀思妥耶夫斯基是复调小说的首创者。他创作出一种全新的小说体裁。因此他的创作难以纳入某种框子，并且，不服从我们从文学史方面习惯加给欧洲小说各种现象上的任何模式。他作品里出现了一种主人公，处理这人的声音同普通小说中处理作者本人的声音采用一样的方法。主人公对自己、对世界的议论，同一班的作者议论，具有同样的分量和价值。主人公的话不是作为刻画性格的手段之一，而是附属于客体性的主人公形象，可却也不是作者声音的传声筒。在作品的结构中，主人公议论具有特殊的独立性；他似乎与作者议论平起平坐，并以特别的方式同作者的议论结合起来，同其他主人公同样具有十足价值的声音结合起来。”（《陀思妥耶夫斯基的诗学问题》，第29—30页，白春仁 顾亚玲译，三联书店，1992年6月）陀思妥耶夫斯基的复调是指主人公议论的独立性，而我在这里所说的变调则是指由于第二叙述者的出现，文本出现了间离效果，从而丰富了文本之中的歧义，增加了艺术张力。

［3］布赖希特说：“演员间离表情手势的一个简单方法，就是将自己与表情术分开。”（《布赖希特论戏剧》，第215页。丁扬忠等译，中国戏剧出版社，1992年4月）读者也是这样，在产生怀疑的时候，他自然会脱离文本，进行思索。这时，阅读出现间隙，如同演员将自己与表情术分开，从而产生再认识而增加了艺术感染力。

第三章

人物聚焦与滞后叙述

提　要　小说由叙述和聚焦两部分组成。叙述出自叙述者，聚焦出自小说中的人物或叙述者。

叙述与人物聚焦，实质是“讲”与“看”。讲，往往落后于看，这一现象称为“滞后叙述”。为了解决这个矛盾不少作者采取模拟策略。然而，对绝大多数的叙事作品而言，这个矛盾是可以忽略不计的，因为人物聚焦，归根结底是叙述者的叙述策略，而且往往由于滞后叙述，反而可以使文本更加错综复杂而丰富多彩。

关键词　叙述　聚焦　节点　滞后叙述

小说由叙述和聚焦两部分组成。

叙述出自叙述者，聚焦出或者出自叙述者，或者出自小说中的人物。叙述与聚焦，既相矛盾又相依存，当然主要是依存关系。

《在乡下》是美国黑人女作家博比·安·梅森的代表作，小说讲述一位黑人姑娘山姆带着外婆与舅舅去华盛顿的故事，路上汽车的变速器坏了，修理期间，他们住进了一家旅店：

他们现在住在一家“假日酒店”里，就在高速公路对面。房间四十六块一晚。使用艾琳的信用卡可能会变成一种习惯，太轻而易举了。他们离华盛顿只有一百英里，这里的山脉长而蓝，像画一样。山姆把婆婆和艾米特留在电视机跟前，她自己坐在游泳池边，观看车流——一条无止境的河：度假的家庭、打探市场的推销员，流浪的怪人，拉着货物的卡车。美国的一切都在这里，在路上行进着。山姆喜欢这种陌生的感觉。他们位于一个十字路口：东西走向的是一条洲际公路，南北走向的是一条国道。她处身其间，位于这巨大的能量的正中心，柴油卡车的噪杂声浪正如一首摇滚歌曲的背景音乐。[1]

上面引文由两部分组成。一部分是山姆的聚焦："她自己坐在游泳池边，观看车流——一条无止境的河：度假的家庭、打探市场的推销员，流浪的怪人，拉着货物的卡车"；[2]一部分是叙述者的叙述："他们现在住在一家""假日酒店"里以及"噪杂声浪正如一首摇滚歌曲的背景音乐"，等等。二者相互依存，既简洁又顺畅。然而，这仅是叙述与人物聚焦的一般关系，在小说中二者有时还会出现复杂的关系，从而需要我们探讨、剖析。

【注释】

[1][2][美] 博比·安·梅森:《在乡下》，第 19 页、19 页。方玉　汤伟译。重庆大学出版社，2014 年 3 月。

一　人物聚焦制造故事节点

叙述与聚焦，是两种不同的叙事方式。叙述是“讲”，聚焦是“看”（包括其他感知与思索等等）。聚焦可以来自叙述者，也可以来自小说中的人物。来自人物的聚焦不仅可以提供呈现式场景，而且可以作为故事的节点推进故事的萌蘖与发展。

《巨翅老人》是马尔克斯的短篇小说，讲述一个年迈的天使在雨天落到一户人家的故事。小说这样开头：

大雨连续下了三天，贝拉约夫妇在房子里打死了许许多多螃蟹。刚出生的婴儿整夜都在发烧，大家认为这是由于死蟹带来的瘟疫，因此贝拉约不得不穿过水汪汪的庭院，把它们扔到海里去。星期二以来，空气变得格外凄凉。苍天和大海连成一个灰茫茫的混合体，海滩的细沙在三月的夜晚曾像火星一样闪闪发光，而今却变成一片杂有臭贝壳的烂泥塘。连中午时的光线都显得那么暗淡，使得贝拉约扔完螃蟹回来时，费了很大力气才看清有个东西在院子深处蠕动，发出阵阵呻吟。贝拉约一直走到很近的地方，方才看清那是一位十分年迈的老人，他嘴巴朝下伏卧在烂泥里，尽管死命地挣扎，依然不能站起，因为有张巨大的翅膀妨碍着他的活动。[1]

这是小说首段。贝拉约扔完螃蟹回来看到院中深处有一个东西在蠕动，走进看原来是一个老人，嘴巴伏卧在烂泥里，背上有一对巨大的翅膀。在贝拉约的聚焦，也就是看的过程中出现了一个怪异衰颓的老人。贝拉约吓坏了，赶紧叫来妻子埃丽森达。夫妻二人再次来到院落的深处："他们望着那个倒卧在地上的人，惊愕得说不出话来。"[2]这是小说中人物的第二次聚焦，这次聚焦不是贝拉约一人，而是贝拉约与妻子埃丽森达两个人的聚焦了。在他们的聚焦中，那个卧在他们院子的老人的形象是：在穿戴上"像个乞丐"；[3]"在剃光的脑袋上仅留有一束灰发，嘴巴里剩下稀稀落落几颗牙齿"；[4]"那对兀鹰似的巨大翅膀，十分肮脏，已经脱掉一半羽毛，这时一动不动地搁浅在污水里。"[5]贝拉约夫妻判断这是一个遭到台风袭击的"外轮上的孤独的遇难者"。[6]为了进一步弄清楚这个老人的来历，贝拉约夫妻请来一位精明的通晓生死大事的女邻居，"她只消一眼，便纠正了他俩的错误结论"，[7]说"这是一位天使，肯定是为孩子来的，但是这个可怜的人实在太衰老了，雷雨把他打落在地上了。"[8]这是第三次聚焦，女邻居认为这个老人应该是一位天使。然而，尽管是天使但又老又丑，并没有得到贝拉约夫妇的尊重。第二天，贝拉约把他“从烂泥中拖出来，同母鸡一起圈在铁丝鸡笼里。”[9]消息很快传开，人们纷纷前来观看这个老人，如同看马戏团里的动物。

之后，是第四次聚焦。贡萨加神父听到消息也来了：“他很想凑近看一看那个可怜的汉子，后者在惊慌的鸡群中倒很像一只可怜的老母鸡。他躺在角落里，伸展着翅膀晒太阳”，[10]他不懂拉丁语，身上有一股难闻的气味，“翅膀的背面满是寄生的藻类和被台风伤害的巨大羽毛。”[11]神父认为，这个人不是天使，有可能是魔鬼的诡计。

由于巨翅老人的出现，贝拉约发财了，凡是来他家里看巨翅老人的，贝拉约都要收取门票，用这些收入“盖了一处有阳台和花园的两层楼住宅”。[12]很快，冬天过去了，老人的眼睛开始明亮起来，翅膀上也长出粗大丰满的羽毛。一天上午，贝拉约的妻子埃丽森达正在切洋葱准备午饭，突然一阵风从阳台的窗子刮进屋来，她向外面探视了一下，“惊奇的看到天使正在试着起飞。”[13]这是第五次聚焦，在这次聚焦中“埃丽森达眼看着他用他那兀鹰的翅膀扇动着，飞过最后一排房子的上空。”[14]洋葱切完了，“她还在望着他”，[15]直到消失不见为止。

检讨以上五次人物聚焦：第一次是贝拉约，发现了巨翅老人；第二次是贝拉约夫妻二人，判断他是个遇到海难的人；第三次是女邻居，认定他是天使；第四次是神父的怀疑，认为他很可能是魔鬼的诡计；最后是埃丽森达，看见老人扇动翅膀飞向天空。在这五次聚焦中，每一次聚焦都将故事向前推进，从落难潦倒的老人到眼睛明亮的天使，展现了一个类于中国古代叶公好龙的取向。人物的五次聚焦使得故事曲折有致，每一次聚焦都使故事获得转折的生机，或者说，人物的聚焦成为故事的节点，巨翅老人便是踩着这些节点扇动翅膀，一步一步飞升，直至成为"水天相交处的虚点"。[16]

这种以人物聚焦作为小说节点推进故事发展，在中国古代白话小说中，也不乏其例，比如《红楼梦》第三回，描写林黛玉初进荣国府的故事。在这一天，黛玉第一次踏进荣国府，自然小心翼翼少用嘴巴多用眼睛与耳朵，通过"见"与"听"的聚焦，展示人物形象，推进故事发展。我曾经做过一次统计，从黛玉见到宁国府始，至晚间歇息止，在黛玉的聚焦中，"见"字用了九处，"听"字用了三次。分析于下：

其一，"忽见街北蹲着两个大石狮子，三间兽头大门，……正门之上，有一匾，匾上大书'敕造宁国府'五个大字……，不多远，照样也是三间大门，方是荣国府了"（宁府、荣府）；[17]

其二，"只见两个人搀着一位鬓发如银的老母迎上来"（贾母）；[18]

其三，“只见三个奶嬷嬷并五六个丫环，簇拥着三个姊妹来了”（迎春、探春、惜春）；[19]

其四，“只见一群媳妇、丫环围拥着一个人，从后房门进来”（凤姐）；[20]

其五，“又见二舅母问她：‘月钱放完了不曾’”（凤姐）；[21]

其六，“果见正房厢庑游廊，悉皆小巧别致，不似方才那边轩俊壮丽”（贾赦住处）；[22]

其七，“抬头迎面先看见一个赤金九龙青地大匾，匾上写着斗大的三个字，是‘荣禧堂’”（贾政住处的正室）。[23]

其八，“只见穿红菱袄、青缎掐丫背心的一个丫鬟走来”（王夫人丫鬟）；[24]

其九，黛玉见到宝玉，便大吃一惊，心下想到：“好生奇怪！倒像在哪里见过的一般，何等眼熟到如此！”[25]。最后的这次“见”，也就是聚焦，其对象是宝玉。宝玉问黛玉又没有玉，听说黛玉说没有，立即把悬挂在脖颈上的通灵宝玉拽下来，拼命扔到地上。

这是“见”的聚焦。而在“听”的聚焦上：第一处是黛玉进入贾母的住处之后，听得丫环回话“林姑娘到了”[26]；第二处是在贾母的房中听得后院中有人笑声说：“我来迟了”[27]，之后见到凤姐；第三处是听得院内脚步响，丫环进来笑道：“宝玉来了”[28]。总之，在黛玉的聚焦中出现了大量人物，而每一次人物的出场都为后面故事的发展提供一种可能，最后是宝玉出场，掀起了故事的高潮，撞击出惊诧的火花与喜剧般的莹莹泪光。

【注释】

[1][2][3][4][5][6][7][8][9][10][11][12][13][14][15][16][歌伦比亚]加西亚·马尔克斯:《加西亚·马尔克斯短篇小说集》,第521页、521页、521页、521页、522页、522页、522页、522页、522页、523页、523页、527页、529页、529页、529页、529页。赵德明 刘瑛等译。上海译文出版社,1982年10月。

[17][18][19][20][21][22][23][24][25][26][27][28][清]曹雪芹:《红楼梦》,第33页、34页、34页、35页、36页、37页、38页、39页、42页、34页、35页、41—42页。蔡仪江校注。浙江文艺出版社,1994年2月。

二　人物聚焦背后的叙述者

《水浒传》第四回，讲述刘太公、鲁智深与小霸王周通的故事，使这三个人物交集的是刘太公的女儿，因为有几分姿色而被小霸王周通看上，准备娶到桃花山做压寨夫人。因为是逼迫的婚事，刘太公很不高兴，但是在小霸王周通的强势面前又不敢反抗。鲁智深路经桃花山借宿在刘太公庄上，知晓此事后告诉刘太公，说他善说姻缘，可以劝说周通放弃婚事。刘太公听了很高兴，满心指望鲁智深办成此事，此时已届黄昏：

太公见天色看看黑了，叫庄客前后点起灯烛荧煌，就打麦场上放下一条桌子，上面摆着香花灯烛。一面叫庄客大盘盛着肉，大壶温着酒。约摸初更时分，只听得山边锣鸣鼓响。这刘太公怀着鬼胎，庄家们都捏着两把汗，尽出庄门外看时，只见远远地四五十火把，照耀如同白日，一簇人马飞奔庄上来。刘太公看见，便叫庄客大开庄门，前来迎接。只见前遮后拥，明晃晃的都是器械旗枪，尽把红绿绢帛缚着；小喽啰头上乱插着野花；前面摆着四五对红纱灯笼，照着马上那个大王：头戴撮尖干红凹面巾，鬓旁边插一枝罗帛像生花，上穿一领围虎体挽绒金绣绿罗袍，腰系一条称狼身销金包肚红搭膊，着一双对掩云跟牛皮靴，骑一匹高头卷毛大白马。那大王来到庄前下了马。只见众小喽啰齐声贺道："帽儿光光，今夜做个新郎；衣衫窄窄，今夜做个娇客。"刘太公慌忙亲捧台盏，斟下一杯好酒，跪在地下。众庄客都跪着。[1]

这是刘太公迎接强迫做他女婿小霸王周通的一段妙文。

分析这里的聚焦很有层次也很有意思：

其一，"太公见天色看看黑了"；

其二，刘太公（?）"只听得山边锣鸣鼓响"；

其三，刘太公与庄客（?）"只见远远地四五十火把"；

其四，"刘太公看见，便叫庄客大开庄门"；

其五，刘太公与庄客（?）"只见众小喽啰齐声贺道"。

这五处的"见"与"听"，肯定是出于刘太公聚焦的只有第一与四处，余者都有些茫然。那么，那些聚焦出于哪个人物呢？当然，我们或者可以推断，这些带有聚焦色彩的"见"与"听"出自刘太公与众庄客。然而，这仅仅属于我们的推断。当然，我们也可以有另外一种推断，即：这些聚焦是否是叙述者的一种姿态呢？

为了说明这个问题，我们再分析两个例子。还是以黛玉为例，《红楼梦》第三回，黛玉初次见到凤姐时的情景：

只见一群媳妇、丫鬟围拥着一个人，从后房门进来。这个人打扮与众姑娘不同，彩绣辉煌，恍若神妃仙子：头上戴着金丝八宝攒珠髻，绾着朝阳五凤挂珠钗；项上戴着赤金盘螭璎珞圈；裙边系着豆绿宫绦、双衡比目玫瑰佩；身上穿着镂金百蝶穿花大红洋缎窄袄，外罩五彩刻丝石青银鼠褂；下着翡翠撒花洋绉裙。一双丹凤三角眼，两弯柳叶吊梢眉，身量苗条，体格风骚；粉面含春威不露，丹唇未启笑先闻。黛玉连忙起身接见。[2]

根据《红楼梦》内部编年，黛玉初进荣国府时只有六岁，尚处于儿童时代，一个六岁的儿童怎么会辨认那么繁缛的服饰与质地呢？也是在这一天，傍晚时，见到了宝玉，先是听见外面一阵脚步响，丫鬟进来笑道：“宝玉来了！”[3]黛玉心中正疑惑着：“这个宝玉，不知是怎生个惫懒人物，懵懂顽之童？倒不见那蠢物也罢了！”[4]心中想着，进来了一位年轻的公子：“头上戴着束发嵌宝紫金冠，齐眉勒着二龙抢珠金抹额；穿一件二色金百蝶穿花大红箭袖，束着五彩丝攒花结长穗宫绦；外罩石青起花八团倭锻排穗褂，登着青缎粉底小朝靴。”[5]宝玉向贾母问安后，贾母便命：“去见你娘来。"[6]宝玉即转身去了。过了一会，宝玉回来了，黛玉再看他时已然换了冠带："头上周围一转的短发都结成小辫，红丝结束，共攒至顶中胎发，总编一根大辫，黑亮如漆，从顶至梢，一串四颗大珠，用金八宝坠角；身上穿着银红撒花半旧大袄，仍旧带着项圈，宝玉，寄名锁，护身符等物；下面半露松花绿撒花绫裤腿，锦边弹墨袜，厚底大红鞋。"[7]相对于刘太公，黛玉的所见，她的聚焦也发生了偏离。在聚焦对象上，刘太公的是准确的，但聚焦者是不准确的——谁在聚焦的问题；作为聚焦者，黛玉是准确的，但聚焦对象是不准确的——不可能出于六岁儿童，这就使人怀疑黛玉的背后站着另外的聚焦者，这个背后的聚焦者是否是叙述者呢？

当然是叙述者。

【注释】

［1］陈曦钟　侯忠义　鲁玉川辑校，《水浒传会评本》，第 129 页。北京大学出版社，1981 年 12 月。

［2］［3］［4］［5］［6］［7］［清］曹雪芹：《红楼梦》，第 35 页、41—42 页、42 页、42 页、42 页、42 页。蔡仪江校注。浙江文艺出版社，1994 年 2 月。

三　滞后叙述

爱尔兰小说家詹姆斯·乔伊斯的《一个青年艺术家的画像》讲述斯蒂芬·迪达勒斯，从童年到青年的成长过程，开卷如下：

> 从前有一个时候，而且那时正赶上好年月，有一头哞哞奶牛沿着大路走过来，这头沿着大路走过来的哞哞奶牛遇见了一个漂亮的孩子，他的名字叫馋嘴娃娃……
>
> 他的父亲跟他讲过这个故事；他父亲从一面镜子里看着他：他的脸上到处都是寒毛。
>
> 他那会儿就是馋嘴蛙哇。那头哞哞奶牛就是从被贝蒂·柏恩住的那条路上走过来的：贝蒂·柏恩家出卖柠檬木盘子。[1]

里蒙—凯南认为，“这里的语言不仅传达了孩子的感知内容，而且还用了孩子气的表达方式。然而，这并不是斯蒂芬的语气，这一段的叙述者也不是斯蒂芬。就前者而论，一个还尿床的孩子（见小说中下一段）是说不出上段引文中那样完整的句子的。”[2]这就触及到叙述者与聚焦者的根本区别。在前者是讲，将后者的聚焦用话语传达出来。这样，总是聚焦在前而叙述在后，讲的人永远落后于看的人。因为讲的人在后，必然可以对聚焦者的感知进行总结与解析，这种解析可以是简捷的，也可以是繁复的，可以是模糊的，也可以是清晰的，既可以高于聚焦者，也可以低于聚焦者，十分繁缛复杂。为了制造现场感，叙述者有时要对当时的聚焦者保持模拟的姿态。比如，成年的斯蒂芬讲述未成年的斯蒂芬所看到的东西。换言之，大斯蒂芬是叙述者，小斯蒂芬是聚焦者，从而不可避免地形成一对矛盾。这就是说，只有当故事通过进行叙述的自我感知与处在生活经历中的自我感知完全一致时，这种矛盾才能消失。叙述与聚焦的矛盾几乎存在于一切虚构性叙事作品之中。而且有时候，艺术水准越是高超的作品，二者之间的矛盾越是凸显。《红楼梦》也是这样。第六回，刘姥姥初进荣国府，对凤姐及其周围环境的聚焦即是一例：

只见门外錾铜钩上悬着大红撒花软帘，南窗下是炕，炕上大红毡条，靠东边板壁立着一个锁子锦靠背与一个引枕，铺着金心绿闪缎大坐褥，旁边有银唾沫盒。那凤姐儿家常带着紫貂昭君套，围着攒珠勒子，穿着红桃撒花袄，石青刻丝灰鼠披风，大红洋绉银鼠皮裙，粉光脂艳，端端正正坐在那里，手内拿着小铜火筋儿拨手炉内的灰。[3]

刘姥姥是个贫穷的农妇，为了打秋风而第一次进入贵族府邸，对那里的环境与服饰，虽然看到，却未必说得出是什么名堂。这里的叙述，虽然以刘姥姥聚焦的形式出现，但实质仍旧是叙述者的叙述。对于这样的现象，不能说《红楼梦》的作者没有注意到，刘姥姥对自鸣钟的疑惑，说明作者还是意识到，并且试图制造一种局内聚焦效果。由此联想林黛玉进贾府时虽然只有六岁，但她的形象与思索却远远超过她的年龄。这其中的原因，从根本上看，依然是叙述者与聚焦者，讲与看的矛盾，聚焦在先，叙述在后，这一现象，可以称为“滞后叙述”。为了解决这个矛盾不少作者采取模拟策略。这个策略多见于儿童文学的作品之中。与成人文学相比较，儿童文学不仅要模拟孩子的口吻讲故事，而且这种口吻要获得成人的认可，或者说，儿童文学的作者是行走于儿童与成人之间，其难可知，而写作的乐趣也就在这里吧！然而，对绝大多数的叙事作品而言，这个矛盾是可以忽略不计的，因为人物聚焦，归根结底是一种叙述策略，而且往往由于滞后叙述，反而使文本更加错综复杂而丰饶多姿，有什么必要刻意地回避呢？

在作者的笔端，叙述者是作者在文本中创作的第一个人物，而文本中的其他人物不过是叙述者的衍生物，通过叙述者的讲述而依次出现，这就是说，没有叙述者就没有人物，而没有人物就不会有人物聚焦，因此人物聚焦的实质依然是叙述者的聚焦，没有叙述者，哪里会有聚焦者？

再举一个与林黛玉有关的例子：

> 黛玉方进入房时，只见两个人搀着一位鬓发如银的老母迎上来，黛玉便知是她外祖母。方欲拜见时，早被她外祖母一把搂入怀中，“心肝儿肉”叫着大哭起来。当下地下侍立之人，无不掩面涕泣，黛玉也哭个不住。一时，众人慢慢地解劝住了，黛玉方拜见了外祖母。——此即冷子兴所云之史太君也，贾赦、贾政之母。[4]

这是第三回黛玉拜见贾母的情景。其中“只见”属于黛玉的聚焦范围，“此即冷子兴所云”等属于叙述者的说明，即：回避了黛玉的聚焦而通过叙述进行交待。为什么会是这样？原因是，此时叙述者的叙述相对人物聚焦简洁顺畅，没有必要再通过人物聚焦（比如旁人向黛玉介绍这就是贾母之类）。这既是生活规律也是艺术规律，无论叙述者还是聚焦者，出现与不出现，模拟与不模拟，滞后与否都是受着这两个规律支配的。

2016. 7. 15

【注释】

［1］［爱尔兰］詹姆斯·乔伊斯：《一个青年艺术家的画像》，第1页。黄雨石译，外国文学出版社，1983年5月。

［2］［以色列］里蒙—凯南：《叙事虚构作品》，第131页。姚锦清等译，三联书店，1989年2月。

［3］［4］［清］曹雪芹：《红楼梦》，第90页、34页。蔡仪江校注。浙江文艺出版社，1994年2月。

第四章

小说中的动力元

提　要　动力元是小说中的重要因素，没有动力元便没有故事，而没有故事的小说是不存在的。如何利用动力元以及相关动力因素，制造情节，推演故事，刻画人物以及相关场景，是必须认真思索的问题。动力元是一个因果关系。因，是动力；果，是结局。因，可以来自叙述者，也可以来自人物，甚至可以来自文本中的句子、词组与单词。动力元又是一个完整系统，有动力元，也有次动力元、辅助动力元，甚至非动力元。动力元决定小说样式。动力元的种类不同，小说的样式也不一样，决定小说样式的是动力元而不是其他因素。

关键词　动力元　次动元　辅助动力元　非动力元

任何一个读者，大概都有这样感觉，在小说的背后，仿佛有一种动力，推动着小说中的人物、情节、思想、情感、环境、氛围，在读者的注视下，渐次展开。换言之，文本中的故事发生了变异。这种推动故事变异的因素，我们称为动力元。[1]

对读者而言，动力元，即小说的吸引力，如何利用这种吸引力而引导读者阅读，并且使其产生这是文本内部自然发生的错觉，是一个应该关注的问题。

【注释】

［1］动力元指与作品相关的动力单位。小说文体大体经历了这样三个阶段：1. 情节小说；2. 性格小说；3. 情节淡化小说。小说的样式不同，动力元出现的频率与种类也不同。

一　动力元

动力元是一个因果关系。因，是动力；果，是结局。因，可以来自叙述者，也可以来自人物，甚至可以来自文本中的句子、词组与单词。

围绕动力元，可以衍生出次动力元、辅助动力元与非动力元。次动力元，即非主要的动力元；辅助动力元，即修饰动力元与次动力元行动的动力元；非动力元，即静止的动力元。

动力元可以产生不同的动力，从而推动故事发生不同的变异。变异可以是规律性的也可以是非规律性的。比如，中国古代小说，有一种时间轮回的观念。这种观念反映在历史小说中，便成为有规律的变化。《三国演义》第一回开篇写道：

话说天下大事，分久必合，合久必分。周末七国分争，并入于秦；及秦灭之后，楚汉分争，又并入于汉；汉朝自高祖斩白蛇而起义，一统天下，后来光武中兴，传至献帝，遂分为三国。推其治乱之由，殆始于桓、灵二帝。[1]

“分久必合，合久必分”，在中国历史上是一个剧烈的社会变迁规律，《三国演义》便鲜活地展现了这个规律。与其相对应的是没有规律的变化，诸如《西游记》、《封神演义》中的神魔变幻。

当然，无论何种变异，对时代与社会既可以是断裂性质，也可以是非断裂性质的。雨果的《九三年》、肖洛霍夫《静静的顿河》、丁玲《太阳照在桑干河上》，均是描写时代与社会发生巨变的长篇小说。

【注释】

[1]〔明〕罗贯中:《三国演义》第4页。〔清〕毛宗岗评改，上海古籍出版社，1994年12月。

二　叙述者动力元

根据动力的来源，可以将动力元区分为叙述者动力元、人物动力元与词语动力元。

所谓叙述者动力元便是来自叙述者的动力单位。

叙述者在小说中有两种形式，一是显身，一是隐身。在中国古代白话小说中，叙述者采取显身姿态，以说书人的身份，自称“在下”，相应的把读者称为“看官”。比如，《红楼梦》在交代书稿来历时，有这样一段文字：“列位看官：你道此书从何而来？说起根由，虽近荒唐，细按则深有趣味。待在下将此来历注明，方使阅者了然不惑。”[1]巴尔扎克《高老头》第一章“伏盖公寓”的叙述者，也采取这种姿态讲述：

> 一个夫家姓伏盖，娘家姓龚弗冷的老妇人，四十年来在巴黎开着一所兼包客饭的公寓，坐落在拉丁区与圣·玛梭城关之间的圣·日内维新街上。大家称为伏盖家的这所寄宿舍，

男女老少，一律招留，……话虽如此，一八一九年上，正当这幕惨剧开场的时候，……我这部书完成之后，京城内外也许有人会掉几滴眼泪。出了巴黎是不是还有人懂得这件作品，确是疑问。[2]

叙述者以“我”的身份出现。高老头的故事，通过“我”讲述出来。或者说，叙述者“我”是故事的动力。

20 世纪以后，小说中的叙述者逐渐隐退而采取一种隐身形式。海明威的短篇小说《杀人者》：

亨利那家供应快餐的小饭馆的门一开，就进来了两个人。他们挨着柜台坐下。

“你们要吃什么？”乔治问他们。

“我不知道。”其中一个人说。“你要吃什么，艾尔？”

“我不知道，”艾尔说。“我不知道我要吃什么。”

外边，天快断黑了。街灯打窗外漏进来。坐在柜台边那两个人在看菜单。尼克·亚当斯打柜台另一端瞅着他们。刚才他们两人近来的时候，尼克正同乔治谈天。[3]

叙述者在这里隐藏起来，故事仿佛是自己在发展前进。

显身的叙述者动力元与隐身的叙述者动力元的区别是，在前者，情节仿佛是在小说外部发生；在后者，情节仿佛是在小说的内部推进，从而演绎出更多的审美写真。20 世纪小说，叙述者之所以逐渐隐退，很重要的一个原因即在于此，而从小说发展史看，就动力元而言，不过是从显身的叙述者动力元逐渐转变为隐身的叙述者动力元，这么一个过程而已。

那么，叙述者如何带出动力？大致而言，可以划出三个阶段：第一阶段，叙述者带出人物；第二阶段，人物带出情节；第三阶段，情节产生变异。我们不妨仍以《红楼梦》为例而进行简略分析：

原来女娲氏炼石补天之时，于大荒山无稽崖炼成高经十二丈、方经二十四丈顽石三万六千五百零一块。娲皇氏只用了三万六千五百块，只单单剩了一块未用，便弃在此山青埂峰下。谁知此石自经锻炼之后，灵性已通，因见众石具得补天，独自己无才，不堪入选，遂自怨自叹，日夜悲号惭愧。

一日，正当嗟悼之际，俄见一僧一道远远而来，……[4]

这是第一阶段。叙述者在这里带出顽石，即后面讲故事的叙述者与两个世外之人：

那僧便念咒书符，大展幻术，将一块大石登时变成一块鲜莹明洁的美玉，且又缩成扇坠大小的可佩可拿。那僧托于掌上，笑道："形体倒也是个宝物了，还只没有实在的好处，须得再镌上数字，使人一见便知是奇物方妙。然后好携你到那昌明隆胜之邦、诗礼簪缨之族、花柳繁华地、富贵温柔乡去安身乐业。”石头听了，喜不能禁，乃问：“不知赐了弟子几件奇处？又不知携了弟子到何方？望乞明示。使弟子不惑。”那僧笑道：“你且莫问，日后自然明白的。”说着，便袖了这石，同那道人飘然而去，竟不知投奔何方何舍。[5]

在这个阶段，通过顽石与僧、道的交流而带出下面的情节：

后来，不知又过了几世几劫，因有个空空道人访道求仙，从这大荒山无稽崖青埂峰下经过，忽见一块大石上字迹分明，编述历历。空空道人乃从头一看，原来就是无材补天，幻形入世，蒙茫茫大士、渺渺真人携入红尘，历尽离合悲欢、炎凉世态的一段故事。……其中家庭闺阁琐事、以及闲情诗词倒还全备，或可适趣解闷；然朝代年纪、地舆邦国却反失落无考。……空空道人……因见上面……虽其中大旨谈情，亦不过实录其事，……因毫不干涉时务，方从头至尾抄录回来，问世传奇。[6]

故事在这里发生了变异，故事的推动力从叙述者转变为人物，开始从故事外部近入故事内部了。

【注释】

［1］［4］［5］［6］〔清〕曹雪芹：《红楼梦》，第1页、1页、2—3页、3—5页。蔡仪江校注，浙江文艺出版社，1994年2月。

［2］〔法〕巴尔扎尔克：《高老头》，第1页。傅雷译，人民文学出版社，1963年3月。

［3］〔美〕海明威：《海明威短篇小说选》，第97页。鹿金等译，上海译文出版社，1981年5月。

三　人物动力元

上面探讨，当动力元源于叙述者，故事变异往往呈现外部的表现，反之，便呈现一种内在的幻觉。新加坡作家S·拉贾拉南写过一个短篇小说《老虎》，开卷写道：

在即将消逝的晚霞的映照下，河面上呈现一片金光，法蒂玛感到黄澄澄的清凉河水在她周围缓缓流动。……

她把头猛地往上一仰，松开光滑的黑发，任凭沙沙作响的风轻柔地吹拂。……令人倦怠的黄昏寂静不时被各种响声扰乱：孤独的水鸟的鸣叫声、从睡梦中惊醒的夜鸟发出的阴森森的扑打声、老鼠跳进河里时发出的轻轻的噗通声和胆小而敏感的动物穿过高高的野草和藤蔓时发出的沙沙声。空气里充溢着野花、泥土和野草的芬芳。她感到孤独而凄凉，仿佛踉踉跄跄地闯进一个洪荒世界：大地是一片泥泞的沼泽，一大群可怕的怪兽在里面打滚。

因此她听到老虎低沉而颤动的吼声时，只以为是幻觉，待到老虎突然怒吼起来，她才相信那不是她想象中的老虎。

……

老虎瞪着的大眼睛吓得法蒂玛魂不附体；四周蓦然一片沉寂，她觉得浑身都麻木了。她不敢动，也不敢把眼睛从老虎身上移开，老虎似乎因为与人意外地相遇而一动不动。[1]

法蒂玛是一位孕妇，老虎，是一只怀孕的母虎。怀孕的女人与怀孕的母虎对视了很久。法蒂玛很恐惧，担心老虎吃掉她。情节就此展开。然而，老虎没有伤害她。村长听说附近有老虎，出于对村民安危的考虑，派猎人把老虎杀死，而且把两只刚出生的小虎，拿到市集上卖掉。小说的旨意不言而喻，这里只利用这个故事分析，人物——也就是法蒂玛，是如何制造情节的。首先，她是孕妇；其次，相对于老虎，她是弱者，强与弱，人与虎，在法蒂玛回家的路上不期而遇，构成一对矛盾。因为矛盾而演化出惊恐的情节。

这是简单的人物制造情节的做法。还有复杂的做法。即：先出场的人物不制造情节而是带出人物，再由带出来的人物制造情节，进而使故事发生变异。即：前一个人物只是铺垫，后一个人物才编织情节。奥地利小说家茨威格写过一篇《象棋的故事》，讲述一位年轻的国际象棋世界冠军米尔柯·琴多维奇的故事。小说从“我”开始，在一艘从纽约开往布宜诺斯艾利斯的远洋客轮上，“我”的一位朋友告诉“我”：

“您这船上可有个罕见的怪物——琴多维奇。”[2]由是展开琴多维奇的故事。“我”作为小说中的人物，只是起了一个导引的作用——导引琴多维奇出场。

再如，《红楼梦》第二回讲述雨村：“刚入肆门，只见座上吃酒之客有一人起身大笑，接了出来，口内说：‘奇遇，奇遇!’雨村忙看时，此人是都中在古董行中贸易的姓冷号子兴者，旧日在都中相识。”[3]通过雨村引出冷子兴而向其介绍贾府情况，之后二人起身算还酒帐。方欲走时，又听得后面有人叫道：“‘雨村兄，恭喜了！特来报个喜信的。’雨村忙回头看时，……不是别人，乃是当日同僚一案参革的号张如圭者。他系此地人，革职后家居。今打听得都中奏准起复旧员之信，他便四下里寻情找门路，忽遇见雨村，故忙道喜。”[4]在这段引述中，贾雨村带出冷子兴，再带出张如圭。由于张如圭，引起雨村进京复官的念头，从而出现了陪同黛玉入京的故事。就此而言，这个在冷子兴之后出现的张如圭，正是制造情节的转捩点。

【注释】

［1］〔新加坡〕S·拉贾拉南：《老虎》，王家桢译，《外国文艺》1984 年第 1 期，第 301—302 页。

［2］〔奥地利〕斯·茨威格：《斯·茨威格小说选》，第 376 页。张玉书译，外国文学出版社，1982 年 1 月。

［3］［4］〔清〕曹雪芹：《红楼梦》，第 21 页、30—31 页。蔡仪江校注，浙江文艺出版社，1994 年 2 月。

四　语句动力元

《西游记》第六回讲述孙悟空与二郎神争斗，二人的本领不分上下，打得难解难分。争斗中，突然不见了孙悟空，李天王用照妖镜向四方一照，对二郎神说那猴子去灌江口了：

却说那①大圣②已至灌江口，③摇身一变，即变作二郎爷爷的模样，②按下云头，③径①入庙里。[1]

其中标号为①者为动力元；②者为次动力元。③者为辅助动力元。分析起来是这样的：①“大圣”“入庙里”为动力元，“大圣”是因，“入庙里”是果；②“按下云头”“已至灌江口”“径”为次动力元，参与孙悟空进入庙里的动作；③“摇身一变，即变作二郎爷爷的模样”为辅助动力元，对动力元与次动力元进行修饰。如果去掉②和③即次动力元与辅助动力元，孙悟空的行动并不会阻断，只是缺少了行动过程与色彩。易而言之，①即动力元，处于因果链条的中心，失去了这个中心，便会造成叙述中断。②即次动力元，增补因果关系，但不纳入因果链条内。③即辅助动力元，只提供动力元的相关情况，相对于次动力元，与动力元的关系更为疏远。

还有一种动力元，即：不推动情节变异的因素，我们在上面称为非动力元。《儒林外史》第二十四回，讲述一个安察司的仆人鲍文卿，在主人病故之后，回到南京：

这南京乃是太祖皇帝建都的所在，里城门十三，外城门十八，穿城四十里，沿城一转足有一百二十多里。城里几十条大街，几百条小巷，都是人烟凑集，金粉楼台。城里一道河，东水关到西水关，足有十里，便是秦淮河。水满的时候，画船箫鼓，昼夜不绝。城里城外，琳宫梵宇，碧瓦朱甍，在六朝时，是四百八十寺；到如今，何止四千八百寺！大街小巷，合共起来，大小酒楼有六七百座，茶社有一千余处。不论你走到那一个僻巷里面，总有一个地方悬着灯笼卖茶，插着时鲜花朵，烹着上好的雨水。茶社里坐满了吃茶的人。到晚来，两边酒楼上明角灯，每条街上足有数千盏，照耀如同白日，走路人并不带灯笼。那秦淮河到了有月色的时候，越是月色已深，更有那细吹细唱的船来，凄清委婉，动人心魄。两边河房里住家的女郎，穿了轻纱衣服，头上簪了茉莉花，一起卷起湘帘，凭栏静听。所以灯船鼓声一响，两边帘卷船开，河房里焚的龙涎、沉、速，香雾一齐喷出来，和河里的月色烟光合成一片，望着如阆苑仙人，瑶宫仙女。还有那十六楼官妓，新妆袨服，招待四方游客。真乃“朝朝寒食，夜夜元宵！”

这鲍文卿住在水西门。……到家和妻子相见了。他家本是几代戏行，如今依旧做这戏行营业。[2]

上面的引文，除“鲍文卿住在水西门”至“仍旧做这戏行的营业”，其余的，只是小说家描写南京的背景材料而与鲍文卿的故事无关。

从小说的故事性角度讲，这段引文基本可以删略，没有这些文字鲍文清的故事不仅可以照旧进行，而且会更加简洁紧凑。但是，就小说的艺术性而言，有无这个背景则大不一样。有这个背景，鲍文卿的故事无疑会增加文化色彩而润泽丰饶。纯文学与通俗小说的区别之一就在这里。这就是说，非动力元，在小说中不是完全没有用处。小说家往往会利用它制造情节之后的间歇，控制节奏，加深底蕴，进而改变文体样式。

动力元、次动力元、辅助动力元、非动力元，构成一个完整强大的动力系统。从小说的发展史看，动力元处于逐步减少的状态，而表现在语句中的动力元亦处于逐步减少的趋势，中国古代的白话小说，早期以情节为重，因此表现在语句上，动力元多，次动力元以下少。反之，非情节小说，动力元相对减少，相对应的，在语句上，便采取了一种缓慢的松弛姿态。

【注释】

［1］〔明〕吴承恩：《西游记》，第 43 页。三秦出版社，1992 年 4 月。

［2］〔清〕吴敬梓：《儒林外史》，第 295—296 页。人民文学出版社，1988 年 8 月。

五 动力元决定小说样式

情节与性格是构成小说的基本要素。对这两个基本要素的不同侧重，从动力元的角度看，实质是动力元不同类型的转移与变化。在中国，古典白话小说，早期以情节为重（尤其是公案与演义），故而因果紧密，因此表现在语句中，动力元多而次动力元以下者少，叙述起来紧凑迅捷。

试举一例：

关公奋然上马，倒提青龙刀，跑下土山来；凤目圆睁，蚕眉直竖，直冲彼阵，河北军如波开浪裂。关公径奔颜良。颜良正在麾盖下，见关公冲来，方欲问时，关公赤兔马快，早已跑到面前。颜良措手不及，被云长手起一刀，刺于马下。忽地下马，割了颜良首级，栓于马项之下，飞身上马，提刀出阵，如入无人之境。[1]

这是引自《三国演义》第二十五回关羽在白马坡斩杀颜

良的文字，动力元多且环环相扣，叙述又紧又快。以此对照《儒林外史》第十四回，我们不难发现动力元方面的显著差异：

（马二先生）看见西湖沿上柳荫下系着两只船，那船上女客在那里换衣裳：一个脱去元色外套，换了一件水田披风，一个脱去天青外套，换了一件玉色绣的八团衣服；一个中年的脱去宝蓝缎衫，换了一件天青缎二色金的绣衫。那些跟从的女客，十几个人，也都换了衣裳。这三位女客，一位跟前一个丫鬟，手持黑纱团香扇替他遮着日头，缓步上岸；那头上珍珠的白光，直射多远，裙上环佩，叮叮当当的响。马二先生低着头走了过去，不曾仰视。[2]

马二先生是一位老实的清贫文人，后来遇到一位假做神仙的“洪憨仙”发了一笔横财。但是，这里转引的关于妇女的文字与马二先生的遭遇有什么关系吗？丝毫没有。既不涉及上面也不涉及下面的情节发展，就是说不具备动力因素，属于非动力元。就这段文字本身说，只是描绘了三位贵气逼人的妇女以及她们的侍从，与上举南京的描写同样可以删掉，原因是故事在这里停滞了。然而，删掉了这些文字，“马二先生低着头走了过去，不曾仰视”，表现马二先生性格的刻画也就没有任何凭依，无从呈现他的性格。情节小说与性格小说的区别便在于此。前者动力元多而情节变化快，后者动力元少而情节徐缓，甚至在某一处停滞下来，而却往往是展示人物性格的手法。

同样是《红楼梦》，版本不同，对动力元的处理也不一样，表现出作者对小说理解的不同意趣。如果把接近原稿的版本与晚出的程乙本进行某些比对，或许更能说明这个问题。

《红楼梦》第六十七回，讲述宝玉拉着黛玉去宝钗处，感谢她馈赠土仪，之后回到怡红院，袭人告诉他去看望凤姐儿，宝玉答应了。袭人于是抿抿头，匀匀脸上的脂粉走出去：

至沁芳桥上立住，往四下里观看那园中景致。时值秋令，秋蝉鸣于树，草虫鸣于野；见这石榴花也开败了，荷叶也将残上来了，倒是芙蓉近着河边，都发了红铺铺的咕嘟子，衬着碧绿的叶儿，倒令人可爱。一壁里瞧着，一壁里下了桥。走了不远，迎见李纨房里使唤的丫头素云，跟着个老婆子，手里捧着个洋漆盒儿走来。袭人便问："往哪里去？送的是什么东西？"素云说："这是我们奶奶给三姑娘送去的菱角、鸡头。"袭人说："这个东西，还是咱们园子里河内采的，还是外头买来的呢？"素云说："这是我们房里使唤的刘妈妈，她告假瞧亲戚去，带来孝敬奶奶的。因三姑娘在我们那里坐着看见了，我们奶奶叫人剥了让她吃。她说：'才喝了热茶，不吃，一会子再吃罢。故此给三姑娘送了家去。'"言毕，各自分路走了。[3]

在程乙本中，这段文字将袭人所见的园景，改写为："池中莲藕，新残相见，红绿离披"十二字，余者统统删掉。为什么会这样？

我们再说袭人。袭人与素云分手后，遇到看管葡萄架的祝老婆子。祝老婆子让袭人尝鲜，被她严词拒绝：

袭人正色说道："这哪里使得？不但没熟吃不得，就是熟了，一则没有供鲜，二则主子们尚然没有吃，咱们如何先吃得呢？你是府里的陈人，难道连这个规则也不晓得么？"老婆子忙笑道："姑娘说得有理。我因为姑娘问我，我白这样说。"口内说，心里暗说道："够了！我方才幸亏是在这里赶马蜂，若是顺着手儿摘一个尝尝，叫她们看见，还了得了！"[4]

对此，程乙本改写为：

袭人正色道："这那里使得！不但没熟吃不得，就是熟了，上头还没供鲜，咱们倒先吃了，你是府里使老了的，难道连这个规矩都不懂了？"老祝妈忙笑道："姑娘说得是。我看姑娘很喜欢，我才敢这么说。可就把规矩错了！我可是老糊涂了！”[5]

程乙本略去了“二则主子尚然没有吃”与老祝妈的内心活动。程乙本为什么要这样做？

我们先分析第一个问题。在接近曹雪芹原稿中袭人站在沁芳桥上观看大观园有六十九字，程乙本缩减改写为十二字，程乙本的作者大概认为此处描写景物的文字过长，与正文关系不大而应该精简。然而，他们忘掉了被删略的文字虽然不是动力元，属于非动力元，却为后面袭人与素云的交谈做了铺垫。程乙本改写后，素云也就难以出场，故而在程乙本中将素云彻底隐去。

这一处的舍弃以及袭人说“二则主子尚然没有吃”与祝老婆子的内心活动，其实是不应该芟夷的。

原因是：一、袭人问素云送菱角、鸡头诸语是刻画袭人恪守大家族规矩；二、袭人对祝老婆子的正色劝诫，表现了袭人遵守封建礼制，而祝老婆子的内心活动则表现了她对袭人的不满。略去这些，情节虽然紧凑了，人物形象却苍白了几分。大概程乙本的作者不理解，《红楼梦》并不是一部以情节为重的小说，不知道非动力元对性格塑造的必要性。他们还是习惯于情节小说的叙事方法，故而对与情节无关或关系不大的笔墨要进行删削。从程乙本的角度看，固然是无可厚非，但是文字撙节了，人物面目则难免模糊。古人不懂叙事学，当然不能苛求。但是由此却给我们提供了一则动力元与小说样式的生动资料。动力元是一个完整系统，有动力元，也有次动力元、辅助动力元，甚至非动力元，动力元的种类不同，小说的样式自然也就不同，简括言之，决定小说样式的是动力元而不是其他。

2016. 6. 1

【注释】

［1］〔明〕罗贯中：《三国演义》，第320页。〔清〕毛宗岗评改，上海古籍出版社，1994年12月。

［2］〔清〕吴敬梓：《儒林外史》，第295—296页、第181页。人民文学出版社，1962年8月。

［3］［4］〔清〕曹雪芹：《红楼梦》，第915页—916页、917页—918页。蔡仪江校注，浙江文艺出版社，1994年2月。

［5］〔清〕曹雪芹　高鹗：《红楼梦》，第805页。程乙本。胡适藏本并序评，汪原放标点整理，北岳文艺出版社，1993年12月。

第五章

伪时间

提　要　人类在文明初绽之时，便采取结绳或者其他方式记事，并根据事件发生的次序进行编辑，这种利用时间一维性的记事方式，为后世现实主义小说尊奉为叙事准则。小说是语言的艺术，但也是时间的艺术，在时间的处理上，中国古典小说与西方小说有显著区别，现实主义小说与意识流小说也有显著区别，现实主义小说尊重物理时间，意识流小说却刻意扭曲时间，如何在物理时间的基础上制造伪时间，进而将其转化为叙述方式（叙述策略），是一个难以回避的问题。

关键词　伪时间　时间感　文本时间　时间零度　时间表征　叙述方式

在远古的蛮荒时代，人类便开始用结绳或者其他方法记述部落中的事件，并依据先后发生的次序将这些事件编织起来。这种利用时间一维性的记事方式，不仅为后来的非虚构叙事作品，也为后来的虚构叙事作品所遵循。

一　伪时间定义

从文学角度，时间可以区分三种类型，即：

（一）物理时间。指自然存在的时间。春、夏、秋、冬，日出、日落，等等，是一种不依赖人类意识而存在的客观现象。人类在对这种现象认知的基础上，建立了计时系统，比如，年、月、日、时、分、秒，等等。

（二）故事时间。即情节进展的时间。（小说的核心是故事。故事是情节的组合。情节的基础是事件）故事时间只能从过去流向现在，从现在流向未来，不能逆转。在文本中，故事时间只能通过文本时间表现出来。

（三）文本[1]时间。即叙事时间。通过书面语言构成情节表述的时间。

无论是故事时间还是文本时间，相对物理时间，都是人工制造的时间，是通过叙述者讲述出来的时间，故称伪时间。

【注释】

[1] 在英语中文本是 text，有这样几种含义：其一，原文、本文、正文；其二，课本；其三，基督教的经文、经句；其四，版本；其五，刊印的乐谱。

二　时间感

时间感即对时间的感受。这种感受可以是客观的，也可以是主观的而充溢个人色彩。

时间感分为两种，即：

（一）物理时间感。人类对物理时间的感受。物理时间感既有客观因素，也有主观因素。客观因素是自然界中客观事物的变迁，比如，天体运行、雨雪降落、植物的花开花落，人的生老病死，等等。主观的因素是人类在对客观事物变化的基础上建立的计时系统，比如一昼夜是 24 小时，一年是 365 天，等等。无论是物理时间还是计时系统，对个人而言都是不可改变的客观事物。

（二）心理时间感。在不同心理状态下对时间的感受。心理状态不同，对即便是等值的物理时间的感受也不一样。

事件是在时间中进行的，事件越具有因果性（情节性强），时间的感受也就越加强烈。

这样，我们对时间的感受，便具有双重性了。一方面是客观的，对物理时间的感受是等值的；另一方面是主观的，由于心理状态不同，对同一个物理时间的感受可以是不一样的。

时间感的双重性，决定了小说家的对时间处理的双重性。一方面，小说家不能够更改物理时间的长度与流向，这是客观的；另一方面，小说家可以在文本中把等值的时间拉长或者缩短，进一步，改变时间的流向，从而制造出伪时间。

早期的小说家注重物理时间，注重时间的流向与一维性。现代派的小说家则极力扭曲时间，甚至宣称放弃时间、摒弃时间。

三　文本时间与故事时间的关系

故事时间是文本时间的基础，没有故事时间便没有文本时间。但是，本文时间又是故事时间的表现形式，没有文本时间，故事时间也不能展示出来。

相对于故事时间，文本时间有三种表现形式，即：

（一）顺时叙述。根据事件先后发生的次序进行叙述。表征在时态上是现在时。

（二）逆时叙述。即倒述。先交代结局，后交代开端。表征在时态上是过去时。

（三）提前叙述。即预述。把尚未发生的情节提前交代。表征在时态上是未来时。对于叙述者来说，故事中的一切事件，无论是因，还是果，都已然成为历史，成为过去的时态。

四　时间零度

时间零度，简单地说就是文本时间与故事时间的重合。当这两种时间重合的时候，便出现了时间零度。寻找时间零度最简洁的办法是推断人物的年龄。无论在中国还是西方小说中，都可以寻觅到这样的例证。

比如，《红楼梦》的时间零度。

《红楼梦》是我国第一部自传体的小说，只是在叙述的人称上，不是以第一人称“我”，而是以“石兄”的身份。以石兄的口吻记述往事，雕镌在石头上，被空空道人发现，抄录下来，传播人间。因为是刻在石头上的书，故而称《石头记》。正文从“按那石上书云”[1]开始，说是在姑苏城有一家乡宦，姓甄，名费，字士隐，年过半百，膝下无儿，只有一女，乳名英莲，年方三岁。一日，炎夏永昼，士隐在书房闲坐，伏几而睡，梦见一僧一道将一干风流孽鬼带到人间。这里面包括宝玉。宝玉便在这一年出生。《红楼梦》一共写了十五年的事情，宝玉出生的这一年是《红楼梦》内部时间的第一年。这是《红楼梦》第一个时间零度。与宝玉有关的第二个时间零度发生在第二十五回。在这一回，宝玉被马道婆使祟，病得将死，来了一僧一道，将宝玉颈下的通灵宝玉托于掌上，说："青埂峰一别，展眼已过十三载矣！"[2]这一年，宝玉十三岁，也是《红楼梦》内部时间的第十三年。

除宝玉之外，在《红楼梦》中还有不少人物的时间零度。重要的有黛玉。第二回，《红楼梦》的内部编年时间是第六年，黛玉五岁。次一年，第三回，黛玉进贾府，听说宝玉时有一段自思："这位哥哥比我大一岁。"[3]这一年，是《红楼梦》内部时间的第七年，黛玉六岁，宝玉七岁。再一位人物的时间零度是宝钗。第二十二回，《红楼梦》内部时间的第十三年，贾母要给宝钗过生日，凤姐说："听见薛大妹妹今年十五岁，虽不算是整生日，也算得将笄之年。"[4]薛宝钗搬出大观园，原因就在于十五岁这个时间零度，在中国的封建社会，十五岁的女孩子是一个必须回避异性的年龄了。在《红楼梦》中，这是一个重要的时间零度。大观园中许多女孩子的年龄忽大忽小，都是受这个时间零度制约的。

张竹坡在《批评第一奇书金瓶梅读法》有言："《史记》中有年表，《金瓶梅》中亦有时日也。开口之西门庆二十七岁，吴神仙相面则二十九岁，至临死则三十三岁。而官哥则生于政和四年丙申，卒于政和五年丁酉，夫西门庆二十九岁生子则丙申年至三十三岁该云庚子，而西门庆乃卒于戊戌。

夫李瓶儿亦该云卒于政和五年，乃云七年，此皆作者故为参差之处。”[5]为什么会这样？张竹坡解释道：

此书独与他小说不同，看其三四年间，却是一日一时，推着数去，无论春秋冷热，即某人生日，某人某日来请酒，某月某日某某人，某日是某节令，齐齐整整挨去，若再将三五年间甲子次序排得一丝不乱，是真个与西门庆计账簿，有如世之无目所云者也。[6]

因此要“特特错乱其年谱”，[7]“偏又能使看者五色眯目，真有如挨着一日日过去，此为神妙之笔也。”[8]

张竹坡从人物的年龄说到小说家对时间的安排，有时要有意识地制造混乱，所谓“特特错乱其年谱”，自然是正确的。然而，即使不错乱其年谱，只要把时间处理得云笼雾罩而峰峦迭出，同样可以是焜熠而生动的，有什么不可以呢？

【注释】

［1］［2］［3］［4］〔清〕曹雪芹：《红楼梦》，第6页、333页、40页、280页。蔡仪江校注，浙江文艺出版社1994年2月。

［5］［6］［7］［8］转引自黄霖　韩同文选注：《中国历代小说论著选》（上），第375页、375页、375页、375页。江西人民出版社，1982年10月。

五　外部时间与内部时间

根据时间和故事的关系，小说中的时间，可以分为外部时间与内部时间。

（一）外部时间。作家在故事之外记录的时间。这个时间是故事的年代背景。外部时间以物理时间为基础。作家往往通过外部时间强调故事与现实世界的联系。或者说，通过外部时间渲染时代性与历史感。

外部时间一般以朝代年号，公元的年、月、日表示。中国古代小说，十分重视外部时间，在小说的开端往往说明故事发生的朝代。欧洲小说也有这个传统，法国作家司汤达《红与黑》的副标题便是“一八三〇年纪事”，[1]列夫·托尔斯泰的《战争与和平》更是充满了外部时间标记。

（二）内部时间。文本（故事）时间。

内部时间以心理时间为基础。

外部时间与内部时间，相对于时间的感受，有不同的反映。

一般认为，外部时间的长短与时间的感受成反比。同样的情节，时间跨度大，有可能把情节运动的曲线拉平，减弱时间感；反之，跨度小，在一个，或几个时间段上浓缩，情节运动曲线的波动大，时间感自然被加强。

内部时间的长短与时间感受成正比。情节变化快，因果相接，一个事件分娩另一个事件，自然会给读者造成强烈的时间感受。反之，则会减弱。

【注释】

[1]〔法〕司汤达：《红与黑（一八三〇年纪事）》。罗玉君译。上海译文出版社，1979年4月。

六　中国古代白话小说的时间特征

中国古代白话小说的文本时间有四个基本特征，即：

（一）以顺时叙述为主体，倒述与预述只是作为片段镶嵌其间。而且，不论是长篇小说还是短篇小说，大都不在故事中间进行，而是采取有头有尾的形式。比如，《三国演义》，从东汉末年的黄巾起义，国家动乱开始，到司马氏建立晋朝，重新统一中国为止。再比如，短篇小说《蒋兴哥重会珍珠衫》从珍珠衫开始，到珍珠衫结束。也是有头有尾。

（二）一般通过叙述者进行倒述，而且有叙述标记。比如，《水浒传》第四十九回，倒述孙立、孙新、顾大嫂等人，为搭救解珍、解宝，在登州造反的故事，为了说明这个故事是已然发生过的事情，叙述者先是再三解释：

看官牢记这段话头，原来和宋公明初打祝家庄时，一同事发。却难这边说一句，那边说一回。因此权记下这两打祝家庄的话头，却先说那一回来投入伙的人乘机会的话，下来接着关目。[1]

之后，进行倒述，

且说登州山下有一家猎户，弟兄两个，哥哥唤做解珍，兄弟唤做解宝。[2]

以“且说”作为倒述的标记。

《红楼梦》也有类似的倒述标记。第二回，倒述甄士隐赠银之后，贾雨村的仕途发生了很大变化：

原来，雨村因那年士隐赠银之后，他于十六日便起身入都。至大比之期，不料他十分得意，已会了进士，选入外班，今已升了本府知府。[3]

当然，在中国古代小说中也不乏通过人物进行倒述，所谓次叙述，最富诗意的是《三国演义》第二十一回，青梅煮酒那一节文字，曹操对刘备讲述的一段往事：

适见枝头梅子青青，忽感去年征张绣时，道上缺水，将士皆渴。吾心生一计，以鞭虚指曰：“前面有梅林”。军士闻之，口皆生唾，由是不渴。[4]

《红楼梦》中第三回，葫芦庙的小沙弥向贾雨村讲述薛蟠殴死冯冤的经过，也采取了人物讲述的形式。

这种次叙述有两个长处。其一，可以将过去时改变为现在时，将历史包装上现实的形态，从而避免叙述线索在时间上的中断与交叉。其二，可以通过转述语刻画人物的性格：叙述者，如曹操，狡诈与多谋略；被叙述的对象，如薛蟠，凶残、无礼与蛮横。

（三）一般通过叙述者进行预叙，而且带有叙述标记。《红楼梦》第二回，讲述甄士隐家中的丫鬟娇杏被贾雨村收为二房后，她的命运不到两年便发生了变化，叙述者提前告诉了读者：

> 谁想她命运两济，不承望自到雨村身边，只一年，便生了一子；又半载，雨村嫡妻忽染疾下世，雨村将她扶侧作正室夫人了。[5]

“谁想”，是进行预叙的叙述标记之一。在中国古代白话小说中，类似的标记还有“不料”、“谁知”，“此是后话”，等等。而且，预叙的文字都很简略，一般在数十字内，不像是倒述，可以占据一章的篇幅。

当然，也可以通过人物进行预叙，但是，这里有一个先决条件，能够进行预叙的人物，必然是个异人，有超出凡人之处。比如《水浒传》第五回，文殊院的智真长老，便有预知未来的本领，在鲁智深大闹五台山后，智真长老送鲁智深去东京大相国寺，行前，送他四句偈言：

遇林而起，遇山而富。遇水而兴，遇江而止。[6]

林，指林冲。因为搭救林冲，鲁智深被迫行走江湖，成为英雄好汉。山，挑花山？在挑花山，鲁智深嫌李忠与周通小气，在他们下山劫掠财物的时候，把酒席上的金银器皿卷走。水，指梁山泊，三山聚义之后，鲁智深与杨志、武松带领人马入了梁山，成为梁山好汉。最后，征方腊之后，鲁智深在钱塘江畔坐化，也就是遇江而止的含义。

再一种形式是通过梦境。《红楼梦》第五回，宝玉在薄命司看到关于金陵十二钗的画、诗与听到的曲子，都是采取暗示的形式，对大观园中女性的命运进行预叙。比如，元春：

画着一张弓，弓上挂一香橼。[7]

弓，与宫同音；橼，谐音元，暗示元春入宫。香橼是一种常绿植物，黄色，果皮粗而厚，可以供观赏。

关于元春的诗是这样写的：

二十年来辩是非，榴花开处照宫闱。三春争及初春景，虎兔相逢大梦归。[8]

元春在二十岁时，便选入凤藻宫为贤德妃。元春是非常漂亮的，故而，诗中形容她如同榴花一样，照亮了宫闱。她的三个妹妹，迎春、探春、惜春，所谓三春，怎么能和她相比呢？所谓“三春争及初春景”，初春，即元春。初与元是一个意思。只可惜她的命运不好，她的属相是兔子，却遇到了老虎，这两个属相相克。这是一个版本，“虎兔相逢大梦归”还有的版本写作“虎兕相逢大梦归”，“兔”作“兕”，兕是雌性犀牛，虎与兕相遇，暗示元春将死于政治派系的争斗之中。

（四）标出外部时间与内部时间的刻度。比如，《水浒传》从洪太尉奉旨去江西龙虎山请张天师祈禳瘟疫开始，开卷便道这一天是：“嘉祐三年三月三日五更三点”。[9]时间的开端非常清晰、具体，而且精确到更点。

古代白话小说的内部时间，基本以“日”为单位。典型的例子是《红楼梦》，一日和一日之间，如同流水，可以接续计算，精细之极。

以上四个特征，突出的是注重时间的一维性和精确性，尽量避免时间的倒流与提前，如果发生这种情况，则冠以叙述标记，而且这个标记是统一的，适应于其他小说。所以如此，在于中国古代白话小说源于书场，是从口头文学演变而来。对于书场的观众来说，故事在话语中进行，是“听”故事（书）故而没有再思的余地，因此，必然要采取一切必要的手段，通过有头有尾的叙述用以保障时间一维的完整性。

【注释】

［1］［2］［6］［9］〔明〕施耐庵 罗贯中：《水浒传》，第413页、413页、43页、3页、56页。凤凰出版社，2006年3月。

［3］［5］［7］［8］〔清〕曹雪芹：《红楼梦》，第19页、19页、68页、68—69页、314页。蔡仪江校注，浙江文艺出版社1994年2月。

［4］〔明〕罗贯中：《三国演义》，第262页。〔清〕毛宗岗评改，上海古籍出版社1994年12月。

七　时间表征的方式

时间表征有三种形式。

（一）能指时间。以空间向度指征的时间。即：以字数、行数、页数表示时间的长度。将时间转变为空间。将时间的比例转变为空间的比例。比如，《红楼梦》前八十回，描述了十五年的事情，1993 年江苏文艺出版社的蔡仪江校注本，至此为 1125 页，这样时间与空间的长度之间的关系是 15/1125，即：1/75。[1]

（二）所指时间。依靠词句语义确定的时间。如：三日以后，公元 1987 年，等等。在福克纳《喧哗与骚动》中，利用所指时间，作为题目。这部小说共四章：

第一章是——1928 年 4 月 7 日；

第二章是——1910 年 6 月 2 日；

第三章是——1928 年 4 月 6 日；

第 4 章是——1928 年 4 月 8 日。[2]

（三）空白时间。即空缺时间。由于所指时间的存在，故而，没有叙述出来的时间，也可以推导出来。这个可以推导出来的时间即空白时间。换句话说，通过前面的时间与后面的时间，可以推导出中间的没有叙述出来的时间。

空白时间即暗省，属于省略的一种。省略有暗省与明省两种。

明省由所指时间表示：“三个月过去了。”

如果只字不提，即零符号表示，这个零符号即是暗省。

没有省略就没有艺术，因为，叙述是选择的艺术。

【注释】

［1］见蔡仪江校注《红楼梦》，浙江文艺出版社 1994 年 2 月。

［2］〔美〕福克纳：《喧哗与骚动》，第 1 页、85 页、203 页、292 页。李文俊译，上海译文出版社，1984 年 10 月。

八　文本时间的四种形式

文本时间有四种形式，即：

（一）省略。这里指空白时间，仍以福克纳《喧哗与骚动》为例。第一章是“1928 年 4 月 7 日”，第二章是“1910 年 6 月 2 日”，二者相差十八年。这个十八年即是省略。在省略中，文本时间等于零，小于故事时间。

（二）概述。也可以理解为缩写。比如，1958 年 7 月我去了河北。在概述的时间中，文本时间也小于故事时间。

（三）场景。即对话（直接话语）。文本中的对话与故事中的对话在时间的长度上，大致是相等的。

这是一种假设的相等。因为，人物说话的节奏与速度在从故事转化为文本时，并不能完全相等。比如，话剧演员在舞台上的对白，与剧本中的文字，很难完全相等。

在场景中，文本时间等于故事时间。

场景之外，还有准场景，或者称之为亚场景。即：对话之外，与情节相关的细致描述。

（四）停顿。游离于情节的描述。描述由于脱离了情节，在时间的表征上，也陷于停滞。此处的时间是，文本时间大于故事时间。故事没有进行，故事时间是零。因为，此处的时间只属于文本，与故事无关。

造成这种情况的原因是景物的描述不是通过人物，而是叙述者。

典型的例子是巴尔扎克的小说，大篇幅的与情节基本没有关联的景物描写。比如《猫打球商店》讲述一个商人的女儿与一个青年画家的爱情悲剧。

开端写道：

在圣德尼街的中部，靠近小狮街角，不久前有一所珍贵的店面房屋。这一类珍贵的房屋，可以让史家当作描写昔日巴黎的蓝本。这所老宅摇摇欲坠的墙壁上，好象涂满了象形文字：许多并行的小裂痕，使粉墙上显露出一条条横向的或斜向的木料，在房屋的正面形成一个个 X 形和 V 形：在街头闲逛的人除了把他们叫做象形文字以外，还能有什么叫法呢？即使是最轻便的车辆驶过，这每一根木头便都在榫槽里摇晃。这所古老可敬的建筑物的屋顶呈三角形，这种样式在巴黎已经快要找不到了。因受风吹雨淋而变形的屋顶，向街道上前突三尺，一方面保护了门前台阶不受雨淋，另一方面遮掩着阁楼的墙壁极其没有护栏的天窗。这最高一层是一块块木板修成，好象盖屋顶的青石板那样，一块压一块地钉在一起，无疑是想减轻这座不牢固的房子的负担。[1]

这样的描写与情节毫无关系，时间在这里凝滞了，停止了。对于作家而言，聪明的做法是通过人物描写景物，把景物与情节熔铸一体，把景物纳入时间的河流。

在中国古代白话小说中，通过“只见”与“诗赞”的形式将景物描写纳入人物的观察之中。《水浒传》第六回，鲁智深来到东京，但见：

千门万户，纷纷珠翠交辉；三市六街，济济衣冠聚集。凤阁列九重金玉，龙楼显一派玻璃。……花街柳陌，众多娇艳名姬；楚馆秦楼，无限风流歌妓。豪门富户呼卢，公子王孙买笑。……[2]

这是中国古代白话小说描写景物的一种模式。短处是过于刻板，而且，“诗赞”中的内容，大都是套话，并非真的是人物所见，其实质依旧出于叙述者。因此，到了《儒林外史》与《红楼梦》，这种描写景物的方法被取替了。

在欧洲，开先河的是法国的司汤达，但他笔下人物眼中的景物十分简略，真正的丰满、生动起来的是福楼拜。他在《包法利夫人》中，描写包法利在凌晨的时候去农村出疹：

> 早晨四点钟左右，查理披好斗篷，向拜尔斗出发。人刚离开暖被窝，还迷迷糊糊的，由着牲口的安详脚步，颠上颠下。靠近田垄，掘了一些荆棘围着的窟窿，马走到前面不走了，查理身子一耸，惊醒过来，立时想起断腿，试着记忆他知道的种种接骨方法。雨已经不下了；天开始发亮，有些鸟动也不动，栖在苹果树的枯枝子上，晨风峭厉，敛起它们的小小羽毛。平原展开，一望无际，田庄周围，一丛一丛树木，远远隔开，在这灰灰的广大地面，形成若干黑紫点子。地面在天边没入天的阴暗色调。查理不时睁开眼睛，后来精神疲倦，又困上来了，没有多久，坠入一种昏迷境界，他的新近感觉和记忆混淆了，看见自己变成两个：同时是学生，又是丈夫，就像方才一样躺在床上，又像往常一样走过一间手术室。在他的意识上，药膏的热香和露水的清香混合起来了；他听见床顶铁环在帐杆上滑动，太太睡着……走过法松镇，他望见沟沿草地坐着一个小男孩子。[3]

把景物与人物的动作与思索交织缠绕，从而把景物纳进故事时间里面去了。通过人物描写景物的长处是将描写的对象纳入故事的发展之中；反之，通过叙述者描写景物则脱离故事，故事与景物分离。但是，这并不意味，出于叙述者的景物描写毫无意义，叙述者与人物描写景物应该是各擅其场，出于叙述者的景物应该出现时还是应该出现的。

总结以上四种文本时间，我们可以得出如下结论：

（一）考察文本时间的基点是场景。场景中的文本时间等于故事时间，短于场景的时间（省略、概述）小于故事时间，长于场景的时间（停滞）必然大于故事时间。

（二）文本时间与故事时间的关系，可以用速度来衡量。如果我们仍以场景为基准，便可以看到两种运动形式：加速与减速。

加速——少于场景的时间。

减速——长于场景的时间。

最大的加速是省略。

最大的减速是停顿。

但是，并不是每一篇小说都有这四种文本时间。

20 世纪 80 年代以后，中国小说中的停顿与亚场景逐渐大幅度减少，而省略本来是可以相对忽视的，因此当下小说中的文本便基本只有场景与概述，从而成为一个与域外小说不同的触目特色。

【注释】

［1］〔法〕巴尔扎克：《中短篇小说选·猫打球商店》，第1页。郑永慧译，人民文学出版社，1994年10月。

［2］〔明〕施耐庵 罗贯中：《水浒传》，第56页。凤凰出版社，2010年9月。

［3］福楼拜：《包法利夫人》，第12—13页。李健吾译，人民文学出版社，1979年9月。

九　中国古代白话小说与西方现实主义小说在文本时间上的差异

中国古代白话小说与西方19世纪小说在创作手法上，具体操作上，有着显著的差异。简括言之，有如下几点：

（一）中国古代白话小说在开端时，往往采取溯源式，通过概述，说明这个故事发生在哪朝哪代。西方的小说则往往从亚场景，细致地描写景物开始。比如，狄更斯的《董贝父子》：

在一间光线被遮暗了的房间的角落里，董贝坐在床边一张大扶手椅子上；他的儿子被包裹得暖和和的，躺在一个小摇篮里；这个小摇篮被考虑周到地放在紧靠壁炉前面的一条矮矮的长靠椅上，仿佛他的体质和松饼相似，需要趁他很新鲜的时候，把他烤成棕色。[1]

（二）中国古代白话小说一般为顺时叙述。即便进行倒述，也只是作为片段镶嵌其间。

西方小说的倒述，可以作为文本的主体。比如，小仲马的《茶花女》从茶花女死后，拍卖她的遗物开始，进而回顾她的一生。

倒述，无论是主体还是片段，都只是一种形式，归根结底，倒述中的内容，依然要通过顺时叙述表现出来。

（三）在进行倒述、预述的时候，中国古代白话小说均冠以固定的叙述标记。

在西方小说中，倒述与预述没有固定标记。

（四）中国古代白话小说在场景的处理上一般采取纯粹的对话。对话之外，没有其他描述。

西方 19 世纪小说往往在对话之间附加许多心理、动作、或者其他分析。20 世纪以后，西方小说则逐渐去掉了对话之间的附加成分，与中国古代白话小说在场景的处理上完全一致了。

为什么会这样？中国古代白话小说是书场的产物，叙述者生怕打断时间的一维性，因此在场景的处理上，简洁干净。20 世纪以后，西方小说也采取这种形式，是为了增加对话背后的容量，在本质上并不一样。

（五）中国古代白话小说在省略的时候，一般为名省，如“当日无事”、“当日无话”之类。这就令今天的读者奇怪，既然无事，又何必啰唆？但是当时的叙述者，一定要交代清楚，生怕时间断裂，而采取明省的形式。

西方现实主义的小说则大都采取暗省。

（六）中国古代白话小说在时间的处理上，多有叙述标记。叙述者往往进行干预指点。比如，上举《水浒传》倒述登州造反的故事，叙述者再三强调，反复交代，“看官牢记这段话头”之类。之所以不厌其烦地交代时间的接续方式，用了许多指点干预，无非是证明叙述者已经把时间全部交代清楚了，并借此再次强调线性叙述的完整性。

西方小说因为是印刷品，则没有这么多叙述标记，一般采取空行、分章、分节的办法。讲述者的对象不是听众的耳朵而是读者的眼睛，而眼睛是可以反复阅读的。简之，听——耳朵；看——眼睛，不同的器官造成了不同时间的表征方式。

（七）中国古代白话小说在时间的处理上，多填充物。比如，《红楼梦》第二十四回：

> 那天，已是掌灯时候，贾芸吃了饭收拾安歇，一夜无话。[2]

这段文字之前，是贾芸向醉金刚倪二借钱，准备买东西，打通凤姐的关节在贾府谋个差使；之后，贾芸给凤姐送礼。总之，上引文字与情节毫无关系，可以全部删掉，但作者依然如此，目的是把两个情节之间的时间衔接起来。这样的文字便是填充物。所以要保留这样的填充物，无非是表示一种线性叙述的努力罢了。

总之，中国古代白话保持“时间满格”，在时间上，有事无事，都要提及，不省略任何环节。

明省、填充、叙述者干预，是中国古代白话小说与西方小说的明显差异。

但是，无论有怎样的差异，它们都有一个共同的地方，在时间的处理上，大部分小说，基本是以“天”为单位，在顺时叙述中，演绎故事的进展，即使在20世纪小说家中的作品中，也每每如此。比如，海明威的著名长篇小说《永别了，武器》，“我”与巴克莱的故事便是在“天”中进行的。“一天”、“第二天”，“那一天”，等等，时间的流程丝毫不乱。而他的《老人与海》，则记述了发生在两天之内的故事。第一次的时间范围，是从太阳落山之前，那个孩子帮助桑提阿果把渔船从海里拖向沙滩，直到夜晚，“现在每个夜晚他都回到那一带海岸”；[3]第二次的时间范围，是从第二天的清晨，“清晨的寒气冻得他发抖”，[4]桑提阿果再次出海，直到夜里，他返回来，把船栓在岩石上；第三次的时间范围，是“上午，孩子从门口张望的时候，他在熟睡”，[5]直到下午：

那天下午，餐馆有一群旅游的客人。有个女客望着下面的水，在一些空的啤酒罐头和死的鲟鱼当中，看见很长一道白的鱼脊梁，后面带个特大的尾巴。东风在港湾入口外面一直掀起大浪，这东西也随着起落摇摆。[6]

在“天”（二十四小时）的范围里，时间的刻度是“清晨”、“上午”、“下午”、“夜晚”，十分清晰。

【注释】

[1]〔英〕狄更斯《董贝父子》，第1页。吴辉译，译林出版社，1991年9月。

[2]〔清〕曹雪芹:《红楼梦》，第314页。蔡仪江校注，浙江文艺出版社1994年2月。

[3][4][5][6]海明威:〔美〕《老人与海》第291页、292页、352页、355页。董衡巽等译，漓江出版社，1991年2月。

十　意识流小说对时间的处理

意识流小说家对时间的处理，有两个依据。一是爱因斯坦的相对论，对时间相对性的认知；一是20世纪初叶，法国哲学家柏格森提出心理时间的概念，认为心理状态不同，对物理时间的感受也不一样。他认为，一般人所理解的时间是物理概念，把时间看作依次延伸，表现宽度的数量概念，心理时间则不同，心理时间是各个时刻相互渗透，越是进入意识深处越是进入心理时间的王国。

物理时间，有这样几个概念：其一，时间刻度。即时间的单位，比如，秒、时、日、月、年；其二，时值。时间的长短，通过时间的刻度来表现。比如，一年，十年，百年，一秒，两秒，一分钟，等等；其三，时序。时间的流向。在物理时间中，时序是不可以更改的，永远是从过去流向现在，从现在流向未来；其四，时差。不同地域的时间是有差异的；其五，时律。时间运行的规律。比如：潮汐涨落、春夏秋冬，等等。

现实主义小说对时间的处理是在物理时间的基础上进行加工。具体的做法是:

（一）强调或模糊时间刻度。前者意在追求似真性，后者意在模糊时代，淡化社会背景。在文禁严厉的时代，小说中的时间刻度往往被作者有意识地模糊处理，中国古代最伟大的小说《红楼梦》之所以不同于其他小说而清晰地标出外部时间，特意指出小说中的故事“无朝代年纪可考”，很重要的原因在于社会环境的酷烈。

（二）改变时值。其一，通过概述的方法压缩时值，比如，一百年过去了。其二，拉长时值。把瞬间发生的事件，进行细腻描述，时间在作家的笔下，如同摄像机里的慢镜头。换言之，把瞬间发生的事件，通过时间而突现出来。著名的例子是托尔斯泰描写安娜·卡列尼娜自杀的短暂时刻，在中译本里占了整整三十二页的篇幅。

毫无疑义，压缩时值是一种才能，它可以使叙述干净利落。但是，拉长时值，对于小说家来说，更为重要。几个被拉长的时间段落，往往构成作品的主干。有意思的是，拉长的时间段落，总是作为刚刚发生的现在时进行描写，而压缩的时间段落，总是被作为过去时来处理。

（三）改变时序。通过倒述和预述的形式，改变时间的流向。

（四）利用时差。这个方法在中国古代早已见之。南梁任昉的笔记小说《述异记》讲述晋人王质到深山砍柴，看到两位老人下棋，一局未了，斧柄已朽。下山回家，才知道已经过去百年，原来的亲人都已经不在人世了。这就是中国人常说的“山中方七日，世上已千年”。

（五）利用时律。在同一个时间单位，展开情节，比如，不少作品以“天”为单位。通过若干“天”的累计，制造时律。

意识流小说是在现实主义小说的基础上对物理时间进一步加工而重新排列组合。突出的做法是：

（一）彻底改变时序。利用人类的心理活动，意识与潜意识，把过去、现在、未来的流向彻底打乱，把它们仿佛泥土一样糅合在一起。而且，不做任何叙述标记（固定的与不固定的）。在一个“现在时”的段落里，利用记忆、联想、幻觉，反复出现“过去时”段落里面的事件与意象。英国女作家沃尔夫写过一篇著名的小说《墙上的斑点》，描写一位妇女，看到墙上的一个斑点以后，在她的意识中出现了引起了各种各样的意象：红色的骑士、黑色的岩壁、时速五十英里的地铁、莎士比亚、挂画的钉子、玫瑰花形状的斑块，等等，纷至沓来。再如，美国作家福克纳的长篇小说《喧哗与骚动》，在第一章中，描写班吉明的心理活动。班吉明是个白痴，在他的意识里，过去与现在时的区分，毫无意义。他可以从现在时的一种知觉跳到过去某种相类似的知觉上去。

这一章的故事就在过去与现在之间扯来扯去。标题虽然说了一天之事，实质却包含了他的几十年的经历。

（二）将意识中的事件（包括事物）随意组合，没有任何组合的标记与过渡，不同事件被直接“焊”在一起。

（三）利用短暂的“现在时”包含漫长的“过去时”或“未来时”，而且，晚出事件可能早出，早出的事件可能晚出，没有时间上发生的次序。

总之，意识流小说与现实主义小说的区别在于，在一个“现在时”的段落里，现实主义小说伸向时间深处的段落，是有方向标记、有秩序的。意识流小说则是无方向标记、无秩序、无限的，从而显示出一种爆炸后的混乱。

然而，意识流小说并不排斥文本时间的四种模式。

十一　文本时间是一种叙述方式

时间是有向度的，总是从过去流向未来。时间的向度不同，会赋予文本不同的感觉色彩。聪明的作家往往利用时间向度，将时间深化为叙述方式（叙述策略）。哥伦比亚作家马尔克斯的长篇小说《百年孤独》这样开端：

许多年以后，奥雷连诺上校站在行刑队面前，准会想起父亲带他去参观冰块的那个遥远的下午。当时，马孔多是个二十户人家的村庄，一座座土房都盖在河岸上；河水清澈，沿着遍布石头的河床流去，河里的石头光滑、洁白，活象史前的巨蛋。[1]

文本时间是预叙，“许多年之后”；故事时间是过去时，“当时，马孔多是个二十户人家的村庄”；而在叙述的过程中，依然采取了顺时叙述的形式。这样，三种时间集中出现了。至少，文本时间与故事时间出现了分层，从而产生了时差感与历史感而使叙述厚重。

再早，20世纪法国著名作家普鲁斯特的《追忆斯水年华》第一卷《在斯万家那边》也存在“许多年之后”一类的叙述方式：

我们直到好多年之后才知道原来那年夏天我们之所以吃那么多芦笋，是因为芦笋的气味能诱发负责削皮的帮厨女工的哮喘病，而且发作起来十分厉害，弄得那女工只好辞职不干。[2]

表现出叙述者对时间（在案头上）的把握，从而强化了时间的沧桑感。[3]

叙述者之所以能够选择这样的叙述方式，关键在于，对叙述者来说，无论是未来、现在，还是过去，都是伪时间。

2000.5.13

2016年6月9日核对引文

【注释】

[1]〔哥伦比亚〕马尔克斯:《百年孤独》,第1页。高长荣译,北京十月出版社1984年9月。

[2]〔法〕普鲁斯特《追忆似水年华》,第126页。张海李建译,黑龙江人民出版社,1995年11月。

[3] 西语动词有时态,汉语没有,因此将这种有时态的动词译为汉语,对汉语作者便有一种新奇之感而纷纷模拟,以致成为20世纪80年代文坛的一时风尚。

第六章

场

提　要　场，是指一个特定的可以提供综合信息，包括自然地理与人文地理两个方面的空间。场可以是虚拟的也可以是真实的。作家在现实之中感受场，通过文字描绘场，从而形成二度场，在这个基础上，制造场感与意绪；读者则逆向而行，通过意绪与场感进入二度场，再循此探觅文本之外的场——真实或虚拟的，从而在崭新的维度，对作者的文本进行观赏、批评与解读。场的成功与否就在这里。

关键词　场　二度场　场感　意绪

场可以是虚拟的，也可以是真实的。无论是真实还是虚拟之场，均可以引领读者进入艺术的真实，而真实的场，不仅是可以提供往昔的社会与时代，历史的与现实对比的陈列柜，而且可以凭吊、追思、感触与研究，是一种可以触摸的文化载体。

一　场

场，作为综合的人文与自然的空间，既有不同的形态，也有大小之分，据此可以划出若干等级。以北京城为例，在形态上，北京有皇宫、胡同、贵族府邸、四合院、寺庙、园林、会馆、市场、商厦、现代或传统建筑，自然的山川河流丛林花卉，等等。在等级上，第一等级——北京城；第二等级——北京的某一片区域；第三等级——街道或胡同；第四等级——府邸或院落；第五等级——套院；第六等级房屋；第七等级——房屋内部，装潢、家具、器物；第八等级——房间内人物的服饰；第九等级——家具、器物、服饰等上面的物件。这是从城市的角度对场进行划分，当然也可以从其他角度，诸如宇宙、星空、乡村、山峦、溪流以及森林的角度进行划分与辨析。

1933 年老舍出版了长篇小说《离婚》。小说以北京为背景，描写基层公务员的生活。小说的主人公是老李，妻子是农村妇女，老李希望于灰色的生活中寻觅一点诗意，但最后这点诗意还是破灭了。在这部小说中，真实的场的概念十分触目。老李因为要接家眷来北京，热情的张大哥帮助他租房子："房子是在砖塔胡同"，[1]这条胡同"离车站近，离市场近，而胡同里又比兵马司与丰盛胡同清净一些，比大院胡同整齐一些"。[2]

砖塔胡同东口偏北是西四牌楼，追随着老李的脚步，老舍的腕底出现了这样的文字：

……在北平住了这么些年了，就没在清晨到过这里。猪肉、羊肉、牛肉；鸡，活的死的；鱼，死的活的；各样的菜蔬；猪血与葱皮冻在地上；多少多少条鳝鱼与泥鳅在一汪水里乱挤，头上顶着些冰凌，泥鳅的眼睛像要给谁催眠似地瞪着。乱、腥臭、热闹；鱼摊旁边吆喝着腿带子："带子带子，买好带子。"剃头的人们还没来，小白布棚子已支好，有人正扫昨天剃下的短硬带泥的头发。拔了毛的鸡与活鸡紧邻的放着，活着的还在笼内争吵与打鸣儿。贩子掏出一只来，嘎——啊，嘎——没打好价钱，怕的一扔，仍在笼内，半个翅膀掩在笼盖下，嘎！一只大瘦狗偷了一挂猪肠往东跑，被屠户截住，肠子掉在地上，拾起来，照挂在铁钩上。[3]

这是西四牌楼早市的状态。老舍描写北京的小说，举凡出现的地域基本都是真实的，有地域的实体可以对应。砖塔胡同、丰盛胡同、兵马司与大院胡同均是，尤其是砖塔胡同在元人李好古的杂剧《张生煮海》中便已然出现。在这出杂剧里，张生的书童询问龙女的丫鬟住在什么地方，丫鬟说："你去兀那羊市角头砖塔儿胡同总铺门前来寻我。"[4] 兀那，是发端词，相当"嗨"；角头，是道路交叉的路口，羊市角头即今之西四路口一带，在大都时期，此处有贩羊的市场；砖塔儿胡同，即砖塔胡同，儿是口语化的表征；总铺，相当于现在的派出所。这条胡同的北侧是羊肉胡同，再北是阜成门内大街，南侧是大院胡同、丰盛胡同与兵马司胡同。砖塔胡同东口南侧竖有一座砖塔，胡同即因此得名。砖塔的主人万松老人是金元时期的高僧，其弟子是耶律楚材，他的骨殖便贮存在砖塔内。砖塔胡同今天依旧存在，是北京胡同的根。

《红楼梦》是我国伟大的长篇小说，第三回叙述黛玉初进荣国府时的所见与所闻，在这里，我们不妨将黛玉聚焦的场，放置在不同的等级与形态之中而进行比对、讨论：

第一等级与形态——京城。

"自上了轿，进入城中，便从纱窗向外瞧了一瞧，其街市之繁华，人烟之阜盛，自与别处不同"。[5]

第二等级与形态——区域。

（无）。

第三等级与形态——街道。

（无）。

第四等级与形态——府邸。

1. 宁荣二府的外部形态："又行了半日，忽见街北蹲着两个大石狮子，三间兽头大门，门前列坐着十来个华冠丽服之人。正门却不开，只有东西两角门有人出入。正门之上，有一匾，匾上大书'敕造宁国府'五个大字。黛玉想到，这是外祖母之长房了。想着，又往西行，不多远，照样也是三间大门，方是荣国府了。"[6]

2. 荣国府的中轴形态："穿过一个东西的穿堂，向南大厅之后，仪门内大院落，上面五间大正房，两边厢房鹿顶耳房钻山，四通八达，轩昂壮丽，比贾母处不同。黛玉便知这方是正经内室，一条大甬路，直接出大门的。"[7]

第五等级与形态——套院。

1. 贾母的住处："林黛玉扶着婆子的手，进了垂花门。两边是抄手游廊，当中是穿堂，当地放着一个紫檀架子大理石的大插屏。转过插屏，小小三间内厅，厅后就是后面的正房大院。"[8]

2. 贾赦的住处："出了垂花门，早有众小厮拉过一两翠幄青绸车来。邢夫人携了黛玉坐上，众婆子们放下车帘，方命小厮们抬起，拉至宽处，方驾上驯骡，亦出了西角门，往东过荣府正门，便入一黑油大门中，至仪门前，方下来。众小厮退出，方打起车帘，邢夫人搀了黛玉的手，进入院中。黛玉度其房屋院宇，必是荣府中之花园隔断过来的。"[9]

第六等级与形态——房屋。

1. 贾母的房间："止面五间正房，皆是雕梁画栋。两边穿山游廊厢房，挂着各色鹦鹉、画眉等鸟雀。"[10]

2. 贾赦的房间："进入三层仪门，果见正房厢庑游廊，悉皆小巧别致，不似方才那边轩峻壮丽。"[11]

第七等级与形态——房屋内部。

1. 贾政夫妇住处的正房："进入堂屋中，抬头迎面先看见一个赤金九龙青地大匾，匾上写着斗大的三个字，是'荣禧堂'，后有一行小字：'某年月日书赐荣国公贾源'，又有'万机宸翰之宝。'大紫檀雕螭案上，设着三尺来高青绿古铜鼎，悬着待漏随朝墨龙大画，一边是金蜼彝，一边是玻璃盒。地下两溜十六张楠木交椅。又有一副对联，乃是乌木联牌，镶着錾银的字迹，道是：'座上珠玑昭日月，堂前黼黻焕烟霞。'下面一行小字，道是：'同乡世教弟勋袭东安郡王穆莳拜手书'。"[12]

2. 贾政夫妇的起居室："原来王夫人时常居坐宴息，亦不在这正室，只在这正室东边的三间耳房内。于是老嬷嬷引黛玉进东房门来。临窗大炕上猩红洋罽，正面设着大红金钱蟒靠背，石青金钱蟒引枕，秋香色金钱蟒大条褥。两边设一对梅花式洋漆小几。左边几上文王鼎、匙箸、香盒；右边几上汝窑美人花觚内插着时鲜花卉，并茗碗、唾壶等物。地下面西一溜四张椅上，都搭着银红撒花椅搭，底下四副脚踏。

椅子两边，也有一对高几，几上茗碗、瓶花具备。”[13]

第八等级——房屋内人物服装。

黛玉与贾母说话之际，突然听得后院中有人笑声说，“我来迟了，不曾迎接远客！”[14]黛玉很是奇怪：在贾母面前“这些人个个皆敛声屏气，恭肃严整如此，这来者系谁，这样放诞无礼？”[15]正想着，凤姐已经进了来：“这个人打扮与众姊妹不同，彩绣辉煌，恍若神妃仙子：头上戴着金丝八宝攒珠髻，绾着朝阳五凤挂珠钗；项上带着赤金盘螭璎珞圈；裙边系着豆绿宫绦、双衡比目玫瑰佩；身上穿着镂金百蝶穿花大红洋缎窄裉袄，外罩五彩刻丝石青银鼠褂；下着翡翠撒花洋绉裙。”[16]

第九等级——服装上的饰件。

在黛玉的眼中，凤姐的服装，上衣是：“镂金百蝶穿花大红洋缎窄裉袄”。“裉”，指衣服的前幅与后幅的缝合之处，有窄裉和直裉之分。“窄裉袄”，即紧身袄。“镂金”，指金色织物。在大红洋缎的底子上，用金色的织物绣出蝴蝶围绕花朵飞舞的图案；袄的外面是：“五彩刻丝石青银鼠褂”。“刻丝”，指用彩线平织。“石青”，即天青，是一种黑中透红的颜色。“银鼠”，是一种极其珍贵的兽皮，可御轻寒，因为是在室内，故而没有必要穿厚重的皮衣；“褂”，分有袖与无袖。这里当是无袖，类于坎肩，但要长，可以长过膝盖。凤姐穿的褂子，里子是银鼠皮，面子是黑红色的带有五彩图案，这是上衣；下面是："翡翠撒花洋绉裙"，"翡翠"，指翡翠绿。"撒花"，即碎花。"洋绉"，一种略带皱纹，轻而薄的丝绸。而凤姐头上的发髻更是不同一般，是："金丝八宝攒珠髻"，这是前面的发髻；后面的发钗是："朝阳五凤挂珠钗"。此外，还有更为琐细的饰品，即："豆绿宫绦"与"比目玫瑰佩"。宫绦是宫廷式样的腰带，玫瑰佩是美玉做成的饰品，是比目鱼的形状，为了便于系在腰带上，因此要雕琢"双衡"，也就是两个小横杠，通过小横杠把美玉雕的比目鱼与豆绿色的宫绦连在一起。

以上，总计九个等级的场与形态，其中第二与第三，作家没有涉及，余者从京城到府邸，从房屋到服装，乃至一个小小的服装上面的饰件，曹雪芹均一一写出，娓娓道来，不避琐屑，逼真而极富感染力地描绘出黛玉初进荣国府时，所见到与感受的各种等级与不同形态的场。《红楼梦》中的荣国府虽然是虚拟难以确指，然而其所描述的府邸房屋的建制样式与人物服饰却折射出渊厚的社会与时代内涵。场，无非是各种空间形态，自然的与人文的，从瑰奇巨丽的大城到巧轻微纤的晨露与风尘，场的等级愈低，场的形态便愈具象愈鲜明，大王之风起于青萍之末，"遵四时以叹逝，瞻万物而思纷"[17]小说家无非是把这些不同等级不同形态的场，通过缤纷的文字连缀起来而已。

这就是说，作家的创作往往以场作为切口，通过文字对场进行复原，形成二度场，在这个基础上制造场感，进而升华为情感与精神象征，并在其中生发丰穰灵动的文学意绪（心意与情绪）。为此，作家难免在细微之处进行雕琢。周作人分析鲁迅《故乡》“瓦楞上许多枯草的断茎当风抖着”[18]指出，这里的草应是北方屋顶上的草，因为江南屋顶上的瓦“只是虚叠着，不像北方用泥和灰粘住，裂缝中容得野草生根，那边所有的是瓦松，到冬天都干萎了，不会像莎草类那么的有断茎矗立着的。话虽如此，若是这里说望见瓦楞上倒着些干萎的瓦松，文字的效力便要差了不少了。”[19]因此鲁迅要将北方屋顶上的野草移植过来，从而营造萧索的意绪。

场感与意绪是作家对场的升华，当然这种升华应该适度，而不应任意夸饰而漫无节制。

【注释】

［1］［2］［3］老舍：《离婚》，第 42 页、42 页、36 页—37 页。中国国际广播出版社，2014 年 5 月。

按：张大哥给老李租的是“三合院，老李住北房五间，东西屋另有人住。”房子是新房，“油饰得出色，就是天生来的屋顶爱漏水。张大哥晓得自从女子剪发以后，北平的新房都有漏水的天性，所以一租房的时候，就先向这肉嫩的地方指了一刀，结果是减少了两块钱的房租”。

作家笔下的场，可以是真实的，也可以是虚拟的，真实场的存在有这样几种状态：之一，场不变；之二，场发生了变化，但是基本的历史元素还在；之三，场发生了变化，历史元素基本不存；之四，场不存，但其空间范围还可辨认；之五，完全难以辨认。

研究者对场进行分析与梳理的过程是：之一，辨认场中的历史元素；之二，在辨认中，对场进行局部修复；之三，对场进行复原；之四，在历史与现实中对场进行比对。之五，通过场还原作家的创作时代、环境、家庭变故，乃至心态；之六，由此研究作家在特定场中的文本，与作家其他文本有什么相同与不同场与文本的中间环节是作家，是作家在特定场中（当时与前后）的际遇和心态变化。场与作家的互动决定了作家其时其地的文本特征。

［4］顾肇仓选注：《元人杂剧选》，第 183—184 页。人

民文学出版社，1978 年 12 月。

［5］［6］［7］［8］［9］［10］［11］［12］［13］［14］［15］［16］［清］曹雪芹：《红楼梦》，第 33 页、33 页、38 页、33 页、37 页、33 页、37 页、38 页、39 页、35 页、35 页、35 页。蔡仪江校注，浙江文艺出版社，1994 年 2 月。

［17］［晋］陆机：《文赋》，第 14 页。张少康集释。上海古籍出版社，1984 年 1 月。

［18］鲁迅：《鲁迅全集》，第一卷第 478 页。人民文学出版社，1987 年。

［19］周作人著　止庵编：《关于鲁迅》，第 230 页。新疆人民出版社，1998 年 1 月。

二　清晰或模糊的场

上面说到，场包括两个方面，一是自然的，一是人文的。自然的即自然地理，人文的即人文地理。我国是诗的国度，以"地理"作为题目，并以此为吟哦对象的优秀篇章不胜枚举。例如，李白的《望庐山瀑布》、孟浩然的《临洞庭湖赠张丞相》、张继《寒山寺》与苏轼的《题西林壁》，等等。庐山瀑布、洞庭湖是自然地理；寒山寺与西林寺是人文地理，等等，都是围绕场的某一方面而进行吟哦，至今给我们以说不尽的阅读情趣与审美意味。

在这些诗歌中，有一首应该引起格外注意。

绍圣元年（1094）苏轼被贬官惠州（今广东惠阳），途经虔州（今江西赣州）。七年以后，苏轼遇赦北归，再次路过虔州，游览了天竺寺。在天竺寺，苏轼特意拜望白居易手书的一首七律。他说，十二岁时即听父亲苏洵说过这幅手迹，四十七年后，"予来访之，则诗已亡，有石刻存耳"。[1]这一年苏轼五十九岁，正当人生暮年，感慨身世而悲不自禁。白居易的哪一首诗，让他如此感念、悲伤呢？

一山门作两山门，两寺原从一寺分。
东涧水流西涧水，南山云起北山云。
前台花发后台见，上界钟声下界闻。
遥想吾师行道处，天香桂子落纷纷。[2]

诗的题目是《寄韬光禅师》。韬光禅师原是杭州天竺寺的一位高僧，后来很可能到了虔州，把白居易赠送他的这幅手迹携到了这里。苏洵曾经见过白居易这首诗的手书，对苏轼说白居易的字迹笔势奇逸，墨迹如新。诗中连珠叠璧的句式，也让苏轼赞叹不已。当然，使我们感兴趣的还有诗中吟咏的地理形态。去过杭州的人知道，西湖三面环山，以天竺山为顶端，分出南北两支山脉。北山的一支，从天竺山逶迤而下，至飞来峰为止。飞来峰旁边便是著名的灵隐寺。这一带，除灵隐寺外，还有三座寺院，即上、中、下三座天竺寺。其中，下天竺原来是灵隐寺的翻经院，唐永泰年间赐额，成为一所独立的寺院，即“两寺原从一寺分”。北山与南山隔涧而立，其山势是西南高而东北低，山涧中的溪水自西南向东北流淌，这就是“东涧水流西涧水”“南山云起北山云”的地理基础。而在人文地理方面，三座天竺寺，分布在高低不同的地方，自然是“上界钟声下界闻”。

总之，白诗中这些场的元素：东涧、西涧，南山、北山，前台、后台，上界、下界，通过水流、云起、花发、钟声而指向清晰，将原本对立的地理元素，通过整饬的对仗，融为一体而焕发盎然的禅机。

白居易的这首诗对后世影响很大，苏轼只是其中一人，看过这首诗后，他也吟诵了一首七律："香山居士留遗迹，天竺禅师有故家。空咏连珠吟叠璧，已亡飞鸟失惊蛇。林深野桂寒无子，雨浥山姜病有花。四十七年真一梦，天涯流落泪横斜。"[3]

《伊豆的舞女》是日本作家川端康成的成名之作。小说讲述一个青年学生，邂逅一位年少舞女，由此产生了朦胧的爱恋之情。川端后来评论自己这篇小说是一个简单的作品，"与其说是有意识的作为，毋宁说是自然的流露"。[4]美好的纯真与甜蜜的伤感是《伊豆的舞女》感动一代又一代年轻读者的魅力所在吧。

当然还有一个元素应该关注，即场的元素。小说以天城岭作为故事背景，从天城岭北麓到南麓的下田为止：

我独自到伊豆旅行，已是第四天了。在修善寺温泉歇了一宿，在汤岛温泉住了两夜，然后登着高齿木屐爬上了天城山。重叠的山峦，原始的森林，深邃的幽谷，一派秋色，实在让人目不暇接。可是，我的心房却猛烈跳动，因为一个希望在催促我赶路。[5]

“我”好不容易爬到“天城岭北口的一家茶馆”，[6]见到了舞女一行。“我”后来知道了那个二十五六岁的汉子叫荣吉，是舞女的哥哥，四十多岁的妇女是舞女的母亲，而两个年轻女人一个是荣吉的妻子，另一个是荣吉雇来的助手。“我”与舞女初次见面是“到汤岛来的途中，她们正去修善寺，是在汤川桥附近遇见的”。[7]在天城岭茶馆，“我”有意让舞女一行先走，之后再去追赶，穿过一条“黑魆魆的隧道”[8]追上了她们。

穿过隧道就是天城岭的南麓，“过了荻乘、梨本等寒村小庄，山脚下汤野的草屋顶，便跳入了眼帘”，[9]“我和大家一起登上客店的二楼，把行李卸了下来”。[10]“舞女从楼下端茶上来。她刚在我的面前跪坐下来，脸就臊红了，手不停地颤抖，茶碗险些从茶碟上掉下来，于是她就势把它放在铺席上了。茶碗虽没落下，茶却洒了一地。看见她那副羞涩柔媚的表情，我都惊呆了。”[11]夜晚暴雨声中隐约传来咚咚的鼓声，良久又传来三弦的琴声，“我明白了，艺人们被召到小客店对面的饭馆，在宴会上演出”。[12]“我”担心舞女，每次听到鼓声“心胸就豁然开朗”，[13]“啊，舞女还在席上坐着敲鼓呐。”[14]不久传来杂沓的脚步声，我又“心烦意乱”，[15]猜测“那舞女今晚会不会被人玷污呢?”[16]

离开汤野，“我”和舞女一行来到下田，住在下田北入口不远的甲州屋小客店。动身的那天，荣吉前来送我，姑娘们却“芳踪渺然”。[17]但是到了码头，突然看见舞女蹲在岸边，“依旧是昨晚那副化了妆的模样，这就更加牵动我的情思”。[18]荣吉和舞女送“我”上船，“直到船儿远去，舞女才开始挥舞她手中白色的东西”，[19]是白色的手帕吗？天色渐次昏沉下来，“我”在夜色里任凭泪水涌流，“头脑恍如变成了一池清水，一滴滴溢了出来，后来什么都没留下，顿时觉得舒畅了”。[20]

《伊豆的舞女》出现了大量地理的元素：汤岛、修善寺、汤川桥、荻乘、梨本、汤野与下田。这些都是真实可辨之场。小说是虚构的艺术，真实的地理元素往往会增加艺术的真实感。但是，天城岭北口的茶馆与汤野中的客店，作为“我”与舞女故事的主要发生地，却没有具体的指认，是哪一家茶馆，哪一家客店呢？作家有意识地进行了模糊处理，在清晰的场的框架中，幻化出一片缱绻的天地，美好而朦胧的青春诉求也就难以压抑地喷涌而出了！

【注释】

［1］［3］《全宋诗》，第 821 卷，第 9502 页、9502 页。北京大学出版社，1993 年 9 月。

［2］《全唐诗》，第 462 卷，第 5259 页。中华书局，1985 年 1 月。

［4］［5］［6］［7］［8］［9］［10］［11］［12］［13］［14］［15］［16］［17］［18］［19］［20］［日］川端康成：《伊豆的舞女》，插页（无页码）《伊豆的舞女》（川端康成自述）、（以下是正文）第 1 页—2 页、2 页、3 页、9 页、12 页、13 页、13 页、17 页、18 页、18 页、18 页、18 页、41 页、41 页、45 页、46 页。叶渭渠译。北京出版社，2003 年 4 月。

三　场的文化与审美底蕴

在第一节中我们引述了《红楼梦》第三回的一段文字，现在再移录于下：

> 忽见街北蹲着两个大石狮子，三间兽头大门，门前列坐着十来个华冠丽服之人。正门却不开，只有东西两角门有人出入。正门之上，有一匾，匾上大书“敕造宁国府”五个大字。黛玉想到，这是外祖母之长房了。想着，又往西行，不多远，照样也是三间大门，方是荣国府了。却不进正门，只进了西边角门。[1]

门，是院子的入口，是人文地理中的重要元素。在等级制度严明的封建时代，门不仅是单纯的建筑样式，而且是主人的身份标识。乾隆二十九年（1764）《钦定大清会典》规定：“凡亲王府制，正门五间，启门三。”[2]明确规定亲王府，包括郡王府，可以构筑五间大门，但是只能开启中间的三间大门，也就“五启三”。王府以下的贝勒府只能够采用三间府门，而且是“三启一”。再下面，贝子和公府，其府门也是三间。

然而，同样是三间大门，贝勒府的府门，可以同王府一样，在屋脊上使用吻兽。吻兽的形状以龙首为主，固定在屋脊两端，龙首向内而口口相对，故而称“吻”。

贝子与公的府门不可以使用吻兽，只能使用望兽。望兽的形状与吻兽近似，也是龙首的形状，只是头向外，因此称“望”。在等级上，望兽低于吻兽。因此，王府和贝勒的府门可以用吻兽，贝子和公的府门只能采用望兽。在《红楼梦》中，宁国公与荣国公虽然不是宗室封爵，但是在爵位的等级上，与宗室中的公爵相类似，故而可以用望兽。那么，是贝勒还是公府呢？仅凭三间兽头大门难以辨认，因此在黛玉的眼中又出现了一匾，写道：“敕造宁国府”五个大字，指明这里是公爵的府邸。

在封建时代，贵族的府门日常是不开启的，只有在重大日子、重要人物来访的时候才打开，平常只走府门两旁的角门。黛玉进入荣国府时，“只进了西边角门”，便是这个原因。而且同样由于这个原因，在黛玉的视域里，才会出现“十来个华冠丽服之人”，列坐于大门之前。在这样的门前，黛玉想到的是：“这是外祖母之长房了”，只是单纯的客观判断，没有刘姥姥那样的压抑与卑微。

在第六回里，刘姥姥带着外孙子板儿，来到荣府大门狮子前，“只见簇簇的轿马，刘姥姥便不敢过去，且掸了掸衣服，又教了板儿几句话。而后蹭到角门前”。[3]同样的门，在黛玉的眼中，突出的是形制，是“三间”与“兽头”；在刘姥姥的眼中突出的则是大门前面的“狮子”。作为大门的附属物，狮子要放在大门之前。来到“荣府大门狮子前”，说明刘姥姥还没有接近荣府的大门，便感到压力而不敢过去，只能蹭到角门向那里的人问话。“只见几个挺胸叠肚指手画脚的人，坐在大凳上，说东谈西呢。”[4]对这些人物，刘姥姥很是谦卑，向他们说道：“太爷们纳福！”[5]众人打量了她一会儿，都不瞅睬，半日方说道：“你远远的在那墙角下等着，一会子他们家有人就出来的”。[6]

同样是奴仆，在黛玉的眼中，不过是华冠丽服、衣着鲜亮而已，而在刘姥姥的眼中却是“挺胸叠肚指手画脚”，一派豪奴气焰。毫无疑问的是，这些奴仆已然融进贾府，成为贾府大门的组成部分，而大门当然是一种场，一种微观而又微观的场，在不同身份的人物面前，其背后潜藏的文化内涵竟然如此不同，是足可以使读者惊骇的！

场的审美内涵也值得重视。

南宋祥兴元年（1278）文天祥兵败被俘。次年正月，在押解的船中，文天祥写了一首诗：

辛苦遭逢起一经，干戈寥落四周星。

山河破碎风抛絮，身世飘摇雨打萍。

惶恐滩头说惶恐，零丁洋里叹零丁。

人生自古谁无死，留取丹心照汗青。[7]

诗的题目是《过零丁洋》。此诗的背景是，元军统帅张弘范逼迫文天祥“作书招谕”在崖山抵抗的宋军，被文天祥严词拒绝。他说：“吾不能救父母，乃教人叛父母，可乎！”[8]说罢，将这首诗持示张弘范。读了以后，张弘范沉默不语，不再逼迫他了。不久，将文天祥押送大都，囚禁在兵马司的土牢里，至元十九年（1283），文天祥在柴市就义。

文天祥的《过零丁洋》影响深远，其所传达的爱国主义精神，已然融进中华民族的血液里，为所有热爱祖国的人们所铭记。在诗中，文天祥回顾了自己一生的遭际，而其中“惶恐滩头说惶恐，零丁洋里叹零丁”则是他戎马生涯中的重要片段。其一是，景炎二年（1277），文天祥在江西兵败，从惶恐滩一带撤往福建；其二是，在广东南海，文天祥被俘，途经零丁洋，此诗的题目便由此而来。

具体而言，惶恐滩，位于江西的万安县内，历史上，赣江有十八处险滩，惶恐滩是最后的一滩，江湍水急，暗礁林立。苏轼贬官岭南时路经此地，写了一首《八月七日初入赣过惶恐滩》的诗，其中有这样两句：“山忆喜欢劳远梦，地名惶恐泣孤臣”。[9]由于是被朝廷放逐，因此苏轼自称孤臣，心境是凄惶的。但是，毕竟还有家乡的“远梦”，家与国是完整的。相对苏轼，文天祥则是家、国俱碎，“风抛絮”“雨打萍”，其“惶恐”之情难以言尽，更何况是在羁押之中的零丁洋上漂泊呢？零丁洋，位于珠江入海口，北起虎门，南抵港、澳，亦称伶仃洋。伶仃，是孤独飘零的意思。在江西，文天祥虽然打了败仗，但还有战友相伴，今天呢？形单影只，只能在孤寂之中深深叹息。

中国的传统诗学，向来讲究寓情于景与借景抒情，所谓“一切景语，皆情语”[10]者是也。“景”为何意？“景”就是场，就是地理空间。文天祥将“惶恐滩”与“零丁洋”这两个最具代表意义的地理形态，作为“惶恐”与“零丁”心境的写照，从而一语双意，将地理空间提升到诗学范畴，传达出一种强烈的人文情怀与审美意识。

【注释】

［1］［3］［4］［5］［6］［清］曹雪芹：《红楼梦》，第33页、86页、86页、86页、86页。蔡仪江校注，浙江文艺出版社，1994年2月。

［2］［清］《钦定大清会典》，卷七十二，第670页。吉林出版集团责任有限公司，2005年5月。

［7］［8］参见王彬主编：《中华文学经典》，"诗歌卷"第425页—426页。中国社会出版社，2004年。

［9］《全宋诗》，第821卷，第9501页—9502页。北京大学出版社，1993年9月。

［10］转引自胡经之主编：《中国古典美学从编》（上），第242页。中华书局，1988年1月。

四　场的作家与作家的场

1923 年 8 月 2 日鲁迅偕夫人朱安，离开八道湾 11 号，搬到砖塔胡同 61 号居住。在这里，鲁迅居住了将近 10 个月。

八道湾 11 号是一座大宅，大门前面有一座很大的外院，鲁迅的朋友说，可以在那里开运动会。11 号是占地四亩的大四合院，有前后三进。计有：倒座九间（包括一间大门）、正房三间、后罩九间，东西厢房各三间。正式房屋 26 间（不算大门），此外还有几间堆放杂物的堆房。其中，正房的中间是堂屋，是全家人吃饭聚会的处所，东次间住鲁迅的母亲鲁瑞，西次间住鲁迅的夫人朱安。堂屋背后接出了一间有玻璃窗户的平顶小房子，北京人称灰棚。鲁迅夏日住在前院的倒座里，为了节约煤，冬季便住在灰棚里。宫门口西三条鲁迅故居北房堂屋背后，也有这么一座灰棚，鲁迅称其为“老虎尾巴”。周作人与周建人住在后罩房里——周作人一家住西面三间，周建人一家住中间三间，东面三间做客房，俄国盲诗人爱罗先珂就曾经住在那里。一年春天，周作人的女儿若子生病了，一家人陷于忙乱和紧张中，不觉之间春天已然逝去。若子病情好转后，周作人的心情放松下来，在院子里散步，发现“山桃烂漫得开始憔悴了”，[1]爱罗先珂回国前手植的一株杏花“已经零落净尽”，[2]“只剩有好些绿蒂隐藏嫩叶的底下”，[3]而雪白与深紫的丁香却到了盛开的花季。

鲁迅从八道湾搬到砖塔胡同以后，居住环境发生了很大变化，不仅院落窄浅，居室更是狭隘，与八道湾相比可谓天壤之别。但是在住房的分配上，依旧是八道湾的翻版，鲁迅租住的三间北房，东间是鲁瑞住处，西间是朱安住处，中间做客厅兼餐厅。因为环境湫隘，鲁迅的大量书籍只能装在木箱里，还有一部分暂时存放在教育部。鲁迅其时正在撰写《中国小说史略》的下半部，需要查阅大量资料，翻找起来十分不便，每次都要打开书箱，取出书籍，之后再把书籍放回书箱，其烦恼可以想见。

在61号，鲁迅创作了两个短篇：《祝福》与《幸福的家庭》。前一篇传达一种凄凉悲惨的氛围，后一篇，讲述一个生活窘迫的年轻人，为了谋生而在写作之时屡屡被琐事所扰：一次是卖劈柴的来了，妻子买了25斤劈柴，放在什么地方呢？房屋实在狭窄，只有堆在床下，“‘川流不息’地进来”。[4]还有，北京人的冬储菜，普通百姓离不开的大白菜，也送来了，放在什么地方呢？当然也只能堆在这唯一的房间里：

就在他背后的书架的旁边，已经出现了一座白菜堆，下层三株，中层两株，顶上一株，向他叠成一个很大的A字。[5]

在这篇小说中，房子是一个让小说人物始终纠结的问题。在他看来，“幸福的家庭”必定住房宽裕，有卧房，还要“有一间堆积房”，[6]“白菜之类都到那边去”，[7]而且必定有书房，而书房的门永远是关着的：“有事要商量先敲门，得了许可才能进来”，[8]“现在假如主人坐在自己的书房里，主妇来谈文艺了，也就先敲门”。[9]在八道湾，鲁迅有卧房、有会客室、有厨房、有放杂物的堆房，还有三间宽阔明亮的书房——现在是一间也没有了，今昔对比，断崖式的变迁，当然是巨大而令人伤感的。小说人物如此纠结于书房或者有鲁迅本人的客观原因吧？

在鲁迅的小说中，描写居住窘迫的只有《幸福的家庭》一篇。这里面自然有多种原因，但是居住环境的剧烈变迁，现实蜗居的湫隘简陋，这些元素所构成的“场”，难免不在小说中有所反映，简言之，场决定了作家，这是创作规律，鲁迅也难以避免。

刘勰在《文心雕龙》中说：“夫缀文者情动而辞发，观文者披文以入情，沿波讨源，虽幽必显。”[10]刘勰探讨的是情和文的关系。作家情动辞发，读者由辞入情，对于场的感受也是如此。作家在现实之中感受场，通过文字描绘场，从而形成二度场，在这个基础上，制造场感与意绪；读者则逆向而行，通过对意绪与场感的感受而进入二度场，再循此探觅文本之外的场——真实的或虚拟的，从而在崭新的维度，对作家的文本进行观赏、批评与解读。

场的价值与关键之处就在这里。

2016. 6. 27

【注释】

［1］［2］［3］周作人：《周作人散文选》，第一卷第384页。钟叔河选编。广州出版社，1996年3月。

［4］［5］［6］［7］［8］［9］鲁迅：《鲁迅全集》，第二卷，第38页、39页、39页、39页、40页、40页。人民出版社，1987年。

［10］［南朝］刘勰：《文心雕龙》，第715页。范文澜注。人民文学出版社。1978年11月。

第七章

文体、话语、故事的互为语境

提　要　互为语境相当于修辞学中的互文。在小说中，互为语境的主体可以是不同文体，也可以是叙述语和转述语，甚至可以是不同的故事、情节与事件。在形式上，互为语境可以是静态的，也可以是动态的从而参与故事的萌动与生长。

中国古典白话小说由赞与文两部分组成，不同文体的互为语境实质是赞与文的互动，现在的西体小说，赞的形式更加广博。这种赞不妨称为新赞，因此现在的小说，不同文体的互为语境，究其实质也不过是赞与文的互动而已。

关键词　文　赞　新赞　文体　话语　故事　互为语境

语境有广义与狭义之分。狭义的语境在文本中即上下文，互为语境则相当于修辞学中的互文。“秦时明月汉时关”是单句互文，“将军角弓不得控，都护铁衣冷难着”是双句互文。我们在这里运用双句互文的概念来分析小说中不同文体与不同话语之间的关系，如何相互映衬、呼应、补充、彰显与阐发，参互成文从而加强小说的艺术效果。

一　静态的不同文体互为语境

文体有三种形式，即：科学文体、应用文体与文学文体，在小说中，三种文体是可以互为语境的。

互为语境可以有不同形式，一种是静止的，再一种是动态的。当处于辅助状态的应用文体不是情节的生长点，不因为它的存在，而使故事发生裂变的可能，这样的互补语境便处于静止状态。反之，则处于运动之中，而发展成为动态的互为语境。

中国古典白话小说起源于变文。变文有唱与说两种形式。说，包括韵文与散文，统称诗赞。我们这里把韵文与散文再进行区分，举凡韵文（诗、词、曲，对句，包括赋和类似赋）部分，称赞；散文部分称文。赞，在说书人的口中与拟说书人的腕底，用来描写人物容貌、服饰、总结、评论或者提示故事的题旨、进程与结束；文则是叙事，是小说的主体，故事在文的脉络中发轫、蜿蜒与生长。从话语的角度，拟话本小说无非是赞与文的混合体，是赞与文两种文体的语境互补。比如《三国演义》第二十一回讲述曹操在刘备后园的故事。曹操先是说到去年征讨张绣时，发生在行军途中青梅止渴的故事，之后说到天下英雄，历数袁绍、袁术、刘表、刘璋、张鲁、韩遂等人，曹操认为皆不足齿，这些人不过是碌碌之辈，是冢中枯骨，“吾早晚必擒之。”[1]英雄应该“胸怀大志，腹有良谋，有饱藏宇宙之机，吞吐天地之志者”，[2]“今天下英雄，惟使君与操耳。”[3]闻听曹操这句话，刘备吃了一惊“手中所持匙筯，不觉落于地下。”[4]他这个举动，引起了曹操怀疑，问道：“丈夫亦畏雷乎？”[5]刘备不知如何回答，而这时恰好“天雨将至，雷声大作。玄德乃从容俯首拾筯”，[6]说：“圣人迅雷风烈必变，安得不畏？”[7]把刘备听曹操说自己是英雄而感到可怖的失态遮掩过去，曹操于是不再怀疑刘备。之后，是这样四句赞：

勉从虎穴暂趋身，说破英雄惊杀人。

巧借闻雷来掩饰，随机应变信如神。[8]

叙述了一则发生在雷雨中的故事。在这里，叙述者以文叙事，以赞评论，通过赞对用文讲述的故事做出简约的概述与评论，从而与文互为语境。在中国古典白话小说中，通常是赞为辅而文为主，文是底色，赞则镶嵌于底色之中，刘备与曹操讨论天下英雄的故事便是这样的典型范例。当然，这是毛宗岗的态度，金圣叹则持否定立场。在他批改的七十回本《水浒传》中，赞，被基本芟夷。那么，将赞删掉以后，语境是否顺畅？这样便出现了两种可能。第九回，林冲在野猪林被鲁智深搭救之后：

行得三四里路程，见一座小小酒店在村口。四个人入来坐下。看那店时，但见：

前临驿路，后接溪村。数株槐柳绿阴浓，几处葵榴红影乱。门外森森麻麦，窗前猗猗荷花，轻轻酒旆舞熏风，短短芦帘遮酷日。壁边瓦瓮，白泠泠满贮村醪；架上瓷瓶，香喷喷新开社酝。白发田翁亲涤器，红颜村女笑当炉。

当下深、冲、超、霸四人在村酒店中坐下，……[9]

金圣叹将赞叹删掉，改为："行得三四里路程，见一座小小酒店在村口，深、冲、超、霸四人入来坐下。"[10]文字简练。然而，删去赞以后，并不都是这样，有时衔接难免断裂。仍以《水浒传》为例，第三十九回，宋江去浔阳楼饮酒，眺望江景时有这样一个赞：

雕檐映日，画栋飞云。碧栏杆低接轩窗，翠帘幕高悬户牖。吹笙品笛，尽都是公子王孙；执盏擎壶，摆列着歌姬舞女。消磨醉眼，倚青天万迭云山；勾惹吟魂，翻瑞雪一江烟水。白苹渡口，时闻渔夫鸣榔；红蓼滩头，每见钓翁击楫。楼畔绿槐啼野鸟，门前翠柳系花骢。[11]

对此，在一百二十回本中，宋江的反映是："看罢浔阳楼，喝采不已，凭栏坐下。"[12]而在金圣叹的七十回本中，略掉了赞，只有（宋江）"凭栏举目，喝彩不已。"[13]喝什么彩呢？略去了赞，也便略去了酒楼与江中景象，成为没有对象的喝彩而使人困惑。

在中国传统小说中，在赞与文互为语境之外，有时也出现文与其他文体互补。秦可卿是《红楼梦》中一位引人狐疑与思索的女性，她的丧仪在书中占了相当篇幅，其中有这么一节文字：

旋在两边起了鼓乐厅，两班青衣按时奏乐，一对对执事摆的刀斩斧齐。更有两面朱红销金大字牌对竖在门外，上面大书：

防护

内廷紫金道

御前侍卫龙禁尉

对面高起着宣坛，僧道对坛榜文，榜上大书："世袭宁国公冢孙妇、防护内廷御前侍卫龙禁尉贾门秦氏恭人之丧。四大部州至中之地，奉天永运太平之国，总理虚无寂静教门僧录司正堂万虚，总理元始三一教门道录司正堂叶生等，敬谨修斋，朝天叩佛”，以及“恭请诸伽蓝，揭谛，功曹等神，圣恩普锡，神威远镇，四十九日消灾洗孽平安水陆道场”诸如等语，余者亦不消烦记。[14]

“朱红销金大字牌”上的文字与僧道的“榜文”均是生活中的专业文体，镶嵌在叙事的文的底色里，有一种突兀感，但是却通过两种不同文体——文学的与非文学的语境互补，揭示了生活的多样性与文学的脉动与姿彩。

这就是静态的不同文体的互为语境。

【注释】

［1］［2］［3］［4］［5］［6］［7］［8］［明］罗贯中：《三国演义》，第263、263页、263页、264页、264页、264页、264页、264页。［清］毛宗岗评改，上海古籍出版社，1994年12月。

［9］［11］［12］［明］施耐庵：《水浒传》第72页—73页、322页、322页。凤凰出版社，2010年9月。

［10］［13］陈曦钟　侯忠义　鲁玉川　辑校：《水浒传会评本》，第190页、716页。北京大学出版社，1981年12月。

［14］［清］曹雪芹：《红楼梦》，第169页—170页。蔡仪江校注，浙江文艺出版社，1994年2月。

二　动态的不同文体互为语境

奈保尔是英国著名小说家，他在2001年获得诺贝尔文学奖，他的《游击队员》第一章，有这样一段描述：

突然，在这片荒原上，一块崭新的黄红黑三色告示牌出现在他们眼前，牌子最上端画着那个象征性紧握的拳头。

画眉山庄

人民公社

为了土地和革命

任何时间未经事先批准

严禁入内

奉最高统帅

詹姆斯·艾哈迈德（哈吉）之命

最下面一条，红底白字上写着立此牌的当地公司的名字：

萨波利切。

罗奇说："我们得叫吉米把语气收敛些。"罗奇正是为萨波利切公司工作的。

"哈吉？"简说。

"就我所知，哈吉指朝觐过麦加的穆斯林。吉米用他指代'先生'或'阁下'。只要他记得，他就这么用。"[1]

从"画眉山庄"到"詹姆斯·艾哈迈德（哈吉）之命"的文字是公司告示，属于应用文体，在互补语境中通过对哈吉的询问与解释，促使故事进入下一个阶段，而此处不同文体的互为语境便从静态进入动态了。而这个告示其实是相当于中国传统小说之中的赞，只是这个赞不仅仅是传统的诗词曲赋，而且涵盖了许多应用文体中的不同样式。换言之，"画眉山庄"的告示是一种新赞，相对于旧赞，其样式上更为广博。中国古典白话小说由赞与文两种文体组成，不同文体的互为语境实质是赞与文的互动，而当下流行的西体小说，也不过是两种文体，应用文体与文学文体。只是赞的形式更加广博。这种赞不妨称为新赞，因此在当下文体的小说中，其不同文体的互为语境，也不过是赞与文的互动而已。

这样的互为语境在中国古典白话小说中也可以找到例证。引人注目的是一百二十回本的《水浒传》，其第二十三回，武松打虎之前即将翻越景阳冈时的那样一段描写。时间已是申牌时分，黄昏时分的落日即将下山。武松乘着酒兴，走到一座败落的山神庙前，见庙门上贴着一张印信榜文，上面写道：

阳谷县示：为这景阳冈上新有一只大虫，近来伤害人命。见今杖限各乡里正并猎户人等行捕未获。如有过往客商人等，可于巳、午、未三个时辰，结伴过冈。其余时分及单身客人不许过冈，恐被伤害性命不便。各宜知悉。[2]

武松读了印信榜文，“方知端的有虎。欲待发步再回酒店里来”，寻思道：“我回去时，须吃他耻笑不是好汉，难以转去。”[3]存想了一回，说道：“怕甚麽鸟！且只顾上去，看怎地！”[4]

这篇阳谷县告示，对后面情节的发展蕴藏两种可能性，一是武松就此止住，一是继续行走，武松选择了后者，从而演绎出武松打虎的惊骇场面。

《三国演义》第四十六回，讲述草船借箭的故事，诸葛亮与周瑜立下军令状，三日之内打造十万支箭。三日之内，当然做不出来，于是演绎出了借箭的故事。借箭的工具是二十只插满稻草人的轻快船，再有就是大雾天气，“是夜大雾漫天，长江之中，雾气更甚，对面不相见”。[5]第三日五更时分，诸葛亮的船接近了曹操的水寨。诸葛亮吩咐军士把船用链子锁在一起，头西尾东一字摆开，擂鼓呐喊，鲁肃惊曰："倘曹兵齐出，如之奈何?"[6]诸葛亮笑道："吾料曹操于重雾中必不敢出。吾等只顾酌酒取乐，待雾散便回。"[7]曹操果然不敢出营，让兵士乱箭射之，骤雨一样的箭都射在稻草人的上面了，如此这般，诸葛亮取得十万只箭。待太阳出来，大雾散尽，诸葛亮让船上的军士齐声高呼："谢丞相箭!"[8]曹操懊悔不已。根据书中的解释，曹操所以不出敢营御敌，是因为重雾迷江，恐有埋伏。诸葛亮，正是利用了曹操的这个心态而取得借箭的胜利。由此可知雾在这个故事中的重要分量，没有雾，诸葛亮的计谋便无从实施。为此，书中征引了一篇据叙述者说是前人所作的《大雾垂江赋》，抄录于下：

大哉长江！西接岷、峨，南控三吴，北带九河。汇百川而入海，历万古以扬波。至若龙伯、海若，江妃、水母，长鲸千丈，天蜈九首，鬼怪异类，咸集而有。盖夫鬼神之所凭依，英雄之所战守也。

时而阴阳既乱，昧爽不分。讶长空之一色，忽大雾之四屯。虽舆薪而莫睹，惟金鼓之可闻。初若溟蒙，才隐南山之豹；渐而充塞，欲迷北海之鲲。然后上接高天，下垂厚地。渺乎苍茫，浩乎无际。鲸鲵出水而腾波，蛟龙潜渊而吐气。又如梅霖收溽，春阴酿寒，溟溟漠漠，浩浩漫漫。东失柴桑之岸，南无夏口之山。战船千艘，俱沉沦于岩壑；渔舟一叶，惊出没于波澜。甚则穹昊无光，朝阳失色，返白昼为昏黄，变丹山为水碧。虽大禹之智，不能测其浅深；离娄之明，焉能辨乎咫尺！

于是冯夷息浪，屏翳收功，鱼鳖遁迹，鸟兽潜踪。隔断蓬莱之岛，暗围阊阖之宫。恍惚奔腾，如骤雨之将至；纷纭杂沓，若寒云之欲同。乃能中隐毒蛇，因之而为瘴疠；内藏妖魅，凭之而为祸害。降疾厄于人间，起风尘于塞外。小民遇之夭伤，大人观之感慨。盖将返元气于洪荒，混天地为大块。[9]

以此赋为界，前面的文是为借箭做准备，后面的文则是借箭。由于雾在借箭过程的重要性，因此在这里出现了这篇颇长之赋。当然，如果没有此赋，故事也依旧可以照常进行，但在艺术效果上必然要严重减色，而难以使这个故事的讲述成为经典。在这里，描写弥漫大江的夜雾之赋，属于赞而与叙事之文水乳交融，是不同文体的动态互补范例。

20世纪前苏联作家肖洛霍夫的《静静的顿河》，大量采纳应用文体，描摹其时的社会板荡与人性混乱，其所采用的文体计有：歌词、咒语、日记、书信、电报、命令、宣言、传单、通知书、法律判决书与执行书，等等。其中，第五卷第二十八章杀害红军的判决书与执行书在金人的中译本中占了五页篇幅，摘引如下：

❖ 判决书 ❖

一九一八年四月二十七日（五月十日），卡尔根斯克，博珂甫斯克和克拉斯诺库特斯克等镇的各村庄选出下面人员担任代表：

瓦西列夫斯基村	马克撒耶夫·司契潘
博珂甫斯基村	克鲁西林·尼克莱
佛明村	库摩夫·菲多尔

……

❖ 判决如下 ❖

一、下列名单内的全部与劳动人民为敌的强盗和骗匪，共计八十名，均判处枪决，但其中的二名——波得捷尔科夫和克里沃希雷科夫，认定为这一团体的首要分子——应判处绞刑。

二、对米海洛甫斯基村的哥萨克安东·卡里特云曹夫，因嫌疑不足宣告无罪。

三、由波得捷尔科夫队伍里逃脱，在克拉斯诺库特斯克镇逮捕的下列人犯；宽斯坦丁·梅利尼科夫、加甫尔·梅里尼科夫、华西里·梅利尼科夫、阿克肖诺夫和威尔西宁——均依照本判决的第一项（死刑）。

四、死刑定于明日——四月二十八日（五月十一日）上午六时执行。

五、派赛宁上尉担任守卫押犯的工作，今晚十一时以前每村应派两名有步枪的哥萨克听候赛宁上尉调遣；凡不执行本项决定者，应由选出的军事法庭委员会处理；对守卫人员的处罚由本村担任；每村应派五名哥萨克到刑场去。

判决原本签字者：

军事法庭庭长瓦·斯·波波夫

书记官阿·福·波波夫

❖ 名单 ❖

一九一八年旧历四月二十七日。经由军事法庭对波得捷尔科夫队伍人员判决死刑的名单如下：

号数	籍贯	姓名	判决
1	霍派尔斯克河口镇	菲约陀尔·波得捷尔科夫	绞首
2	叶简斯克镇	米海伊尔·克里沃希雷科夫	绞首
3	嘉桑斯克镇	阿甫拉姆·卡库林	枪决
4	布堪诺甫斯克镇	伊万·拉古琴	枪决
5	尼日郭洛得斯克市区	阿列克塞·伊万诺维奇·奥尔洛夫	枪决

6	尼日郭洛得斯克市区	叶菲姆·米哈伊洛维奇·瓦贺台里	枪决
7	贝斯特良斯克合河口镇	葛利郭里·菲琪索夫	枪决
8	米古林斯克镇	加甫里尔·科特乔夫	枪决
9	米古林斯克镇	巴维尔·阿加丰诺夫	枪决
10	米海洛甫斯克镇	亚历山大·布勃诺夫	枪决
……			
74	米古林斯克镇	伊万·沃洛霍夫	枪决
75	米古林斯克镇	亚科夫·戈尔捷耶夫	枪决

另外有三个人不肯供出自己的姓名。

书记官把被告人的名单抄完以后，在判决书的末尾上点了一个大冒号，把钢笔塞到坐在最近地方的一个人的手里去，说道：

“请签字吧！”

……[10]

通过法律判决书与执行书深刻地描绘出斗争的血腥与残酷。在这样的语境下判决书已然超越生活，换言之，原本辅助性质的应用文体在与文学文体的互动中，凸显出时代、社会与生活本身的价值，从而取得了文学自身难以企及的震撼性的艺术效果。肖洛霍夫的《静静的顿河》之所以大量采纳应用文体，并将其处于大篇幅的动态语境互补之中的原因就在于此。

小说中可以有不同形式的文体，但是在内容上一定要互补，从而形成同一个语境，而制造统一效果。所谓不同文体的语境互补其实质的意义就是不同的文体纳入了故事的因果链条之中，推动故事发展，成为情节的生长点与发展点。或者说这个文体所包含的内容应该是一个可能生长的事件。静态的与动态的不同文体互为语境的区分就在这里。

【注释】

［1］［英］奈保尔：《游击队员》，第4—5页。张晓意译，南海出版社，2013年3月。

［2］［3］［4］［明］施耐庵 罗贯中：《水浒传》，第182页、182页、182页。凤凰出版社，2010年9月。

［5］［6］［7］［8］［9］［明］罗贯中：《三国演义》，第595页、596页、596页、596页、595页—596页。毛宗岗评改，上海古籍出版社，1994年12月。

［10］［苏联］肖洛霍夫《静静地顿河》，第950—955页。金人译，人民文学出版社，1980年4月。

按：在《静静的顿河中》叙述语与转述语互补例子颇多，第一部第三卷第七章中关于歌声的描写：

每天黄昏时候，在六月的乳白色的暗光中，田地里的火堆旁边就唱起歌来：

哥萨克骑着铁青骏马，
往辽远的异乡出发，
永远离开了故乡……

银铃似的中音低沉下去，许多低音把天鹅绒一样的悲哀声调铺展开去：

再也不能回自己的老家。

中音渐渐地升高，音调非常使人心醉：

他那年轻的妻房，
早晚对着北方空望，
一直盼望，盼望着亲爱的人，
会突然从远方飞降。

也是许多声音都加入到歌声里来了。因此歌声变得很浓厚很醉人，就像波列西亚的啤酒一样。

歌声是出于哥萨克集体的转述语，银铃似歌声等是出于叙述者的叙述语。叙述语与转述语交相呼应、交互递进。在《静静的顿河》中关于歌声的转述语与叙述语处于互为语境的例子颇多。

又：同卷第十六章：

为通知事，令郎，第十二顿河哥萨克团的哥萨克，葛利高里·潘苕莱耶维奇·麦列霍夫，已经在本年九月十六日夜间，在卡敏克—司特鲁米罗窝附近的战斗中阵亡。令郎是英勇牺牲的，因此当可聊慰你们的不可补偿的损失。令郎留下的遗物将转交给他的亲哥哥彼得罗·麦列霍夫。马匹仍留在团里。

第四连连长上尉波勒珂甫尼科夫。

战斗军，一九一四年九月十八日。

潘苕莱·普罗珂菲耶维奇自从收到利葛高里阵亡的通知书以后，好像一下子就显得憔悴了。亲人们眼看着他一天一天地衰老下去。

通过阵亡通知书展示人物变化。不同文体互为语境，不在文体形式而在文体内容，其互补的根本原因在于与情节和人物命运相关的内容。

三　叙述语与转述语互为语境

从话语的角度分析，小说无非是两种话语——叙述话语与转述语的合成。叙述语属于叙述者，转述语属于小说中的人物，是人物在小说中所说之话。叙述语与转述语在小说中构成两极，当叙述语占主导地位，小说呈现讲述色彩。反之，便呈现场景。分析人物的话语，首先要分析其中的质地，这些质地殊异的转述语与叙述语之间如何保持一致，如何保持整体的叙事风格呢？其中有一个基本的契合点，即：叙述语与直接引语互为语境。也就是说，人物的语言风格与叙事风格基本上应该是统一的。

我们知道，《红楼梦》是一部以乾隆时期的北京话为主体的小说。主体之外还有非主体成分，而这个非主体便是浅近文言。这两种不同风格的语言融而为之，便构成了《红楼梦》整体的语言风格。在这个背景下，叙述者便可以根据情况而施之于小说中的不同人物，从而为转述语的不同质地奠定一个较为宽泛的基础。具体说，在不同的回目中，由于事件的质地不同，或高贵，或清雅，或市俗，人物的话语风格不同，叙述语的风格也对应地随之转捩。

我们看第十七回，贾政等人游览大观园：

说着，进入石洞来。只见佳木茏葱，奇花闪灼，一带清流，从花木深处曲折泻于石隙之中。再进数步，渐向北边，平坦宽豁，两边飞楼插空，雕甍秀槛，皆隐于山坳树杪之间。俯而视之，则清溪泻雪，石磴穿云，白石为栏，环抱池沼，石桥之港，兽面衔吐，桥上有亭。贾政与众人上了亭子，倚栏坐了，因问："诸公以何题此？"诸人都道："当日欧阳公《醉翁亭记》有云：'有亭翼然'，就名'翼然'。"贾政笑道："'翼然'虽佳，但此亭压水而成，还须偏于水题方称。依我拙裁，欧阳公之'泻出于两峰之间'，竟用他这个'泻'字。"有一客道："是极，是极！竟是'泻玉'二字妙。"贾政拈髯寻思，因抬头见宝玉侍侧，便笑命他也拟一个来。[1]

无论是转述语（诸如，"依我拙裁"，"有亭翼然，就名翼然"）还是叙述语（诸如，"清溪泻雪，石磴穿云"）均采用浅近文言，所以如此，在于这些人物的身份：或贵族，或公子，或清客，都是腹有才学之士。在中国古典白话小说中，文言与高雅相连，只有如此，才能符合身份。这就是说，身份决定转述语的话语质地。为此，转述语也随之采用浅显文言，从而使叙述语与转述语互为语境。

下一回，元春省亲，也如此处理：

又有贾政至帘外问安，贾妃垂帘行参等事。又隔帘含泪，谓其父曰："田舍之家，虽齑盐布帛，终能聚天伦之乐。今虽富贵已极，然骨肉各方，终无意趣！"贾政含泪启道：

"臣，草莽寒门，鸠群鸦属之中，岂意得征凤鸾之瑞。今贵人上锡天恩，下昭祖德，此皆山川日月之精奇、祖宗之远德钟于一人，幸及政夫妇。且今上启天地生物之大德，垂古今未有之旷恩，虽肝脑涂地，臣子岂能得报于万一！惟朝乾夕惕，忠于厥职外，愿我君万寿千秋，乃天下苍生之同幸也。贵妃切勿以政夫妇残年为念，懑愤金怀，更祈自加珍爱，惟业业兢兢，勤慎恭肃以侍上，庶不负上体贴眷爱如此之隆恩也。"

贾妃亦嘱："只以国事为重，暇时保养，切勿记念"等语。[2]

元春的答话是浅近文言，贾政以启奏（骈文）形式的回答则更为古奥。所以如此，当然是为了特定环境下的特定身份。相对转述语，这里的叙述语——诸如"隔帘含泪，谓其父曰"、"含泪启道"、"贾妃亦嘱"也采取浅显文言，从而保持一致的叙事风格。

再举一例。第六十一回，厨子头柳家的，因为拒绝迎春的大丫头司琪吃鸡蛋而搬演出了一场闹剧，我们且抄录一段文字，看这里又是如何处理叙述语与转述语的：

忽见迎春房里小丫头莲花儿走来说："司琪姐姐说了，要碗鸡蛋，炖得嫩嫩的。"柳家的道："就是这一样儿尊贵。不知怎的，今年这鸡蛋短得很，十个钱一个还找不出来。昨儿上头给亲戚家送粥米去，四五个买办出去，好容易才凑了二十个来。我哪里找去？你说给她，改日吃罢。"莲花儿道："前儿要吃豆腐，你弄了些馊的，叫她说了我一顿。今儿要鸡蛋又没有了。什么好东西！我就不信连鸡蛋都没有了，别叫我翻出来！"一面说，一面真个走来，揭起菜箱一看，只见里面果有十来个鸡蛋，说道："这不是？你就这么厉害！吃的是主子的，我们的份例，你为什么心疼？又不是你下的蛋，怕人吃了。"[3]

莲花儿虽然是个小丫头，年纪尚稚，但是人小鬼大，数落起人来，尖损刻薄，夹枪带棒，让柳家的很是恼火，"忙丢了手里的活计"，[4]上来说道"你少嘴里胡混嘎，你娘才下蛋呢！"[5]司琪听说此事，带着小丫头们来到厨房，喝命小丫头动手："凡箱柜所有的菜蔬，只管丢出去喂狗，大家赚不成！"[6]"小丫头子们巴不得一声，七手八脚抢上去，一顿乱摔乱掷的，慌的众人一面拉劝”，[7]一面央告司琪说：“姑娘别误听了小孩子的话，柳嫂子有八个头，也不敢得罪姑娘。所说鸡蛋难买是真。我们也才说她不知好歹，凭是什么东西，也少不得变法儿去。她已经悟过来了。连忙蒸上了。姑娘不信，瞧那火上。”[8]“司琪被众人一顿好劝，方将气劝得渐渐平了，小丫头子们也没得摔完东西，便拉开了。司琪连说带骂，闹了一回，方被众人劝去。柳家的只好摔碗丢盘，自己咕嘟了一会，蒸了一碗鸡蛋，令人送去。司琪全泼在地下了。那人回去，也不敢说，恐又生事。”[9]

分析上面的引文无论是转述语，抑或是叙述语均是流利白话，在话语的质地上浸透了大观园底层人物身份的特征，在圆润的流转之中，相互彰显，处于一种互为互补的自由状态而使我们感叹不已。

【注释】

［1］［2］［3］［4］［5］［6］［7］［8］［9］［清］曹雪芹：《红楼梦》第210页—211页、231页、812—813页、813页、813页、815页、815页、815页、815页。蔡仪江校注，浙江文艺出版社，1994年2月。

四　故事（或事件、情节）互为语境

1992年，文学评论家苏珊·桑塔格蹀躞伦敦街头，无意中发现了一本小说《巴登夏日》，这是一本从俄文翻译成英文的小说，发行量很少，作者是前苏联的列昂尼德·茨普金。苏珊·桑塔格读完这部小说后甚为惊异，认为这是20世纪最后一部伟大的俄语小说，于是撰文推介而引起文坛瞩目。《巴登夏日》以“我”的形态讲述妥思妥耶夫斯基的故事，在叙述形式上将我的故事与陀思妥耶夫斯基的故事置于既平行又交叉的两条线上，使其处于互为语境之中。比如，“我”来到彼得堡的时候即将黄昏，雨点已经开始下落：

——雨点开始下落，乌云滚滚，电闪雷鸣，此时，我也沿着林荫道飞快地跑起来，确切地说是往公园门口跑，以躲开这场可怕的暴风雨，——这儿有三两座背冲着公园的带圆柱小楼，也许，其中就曾住着安娜·格里戈里耶夫娜的弟弟，一名彼得罗夫—拉祖莫夫农学院的学生，他们刚完婚来莫斯科时曾去过他家——他们住在杜萨旅馆的那几天，她晚上去拜访费佳住在旧巴斯曼街的妹妹，坐在她家椅子上，低眉摆弄自己裙子的褶儿，努力要把它们弄平，同时感觉抓在手中的那根桅杆就要溜走了，——安娜的弟弟有着一幅坦率的面孔，红扑扑的脸色，浅黄色的头发。乐呵呵的，——总之，是好个白里透红的俄罗斯人，——她在他那里待了很长时间，因为不断有同学来，他们对这位《罪与罚》作者的妻子很感兴趣，仆人则一壶接一壶地往屋里送茶，此时夜幕已经降临，安娜在弟弟家做客，而费佳正站在杜萨旅馆边的十字路口，看着来来往往的轻便马车上一张张妇人的脸，——现在已无从知晓，但他到底有没有见过这个石洞呢？——火车早已开起来了，加里宁站台的灯光远远地消失在一片茫茫的白雪中。列车像船一样左右摇晃着，我不得不紧紧抓着手中的书，防止它随着颠簸掉在地上——在书中，火车也徐徐启动了，车厢是我从未见过的——很矮，像开往布达佩斯或者贝尔格莱德的外国列车那种，不过不是金属而是木制为主，里面是一个小小的包间，……[1]

在上述引文中，“乌云滚滚”至“可怕的暴风雨”是“我”的故事；“这儿有三两座背冲着公园的带圆柱小楼”至“一张张妇人的脸”是陀思妥耶夫斯基的故事；“现在已无从知晓”至“里面是一个小小的包间”又返回到我的故事。

苏珊·桑塔格在《巴登夏日》的序中评述这部小说，把俄罗斯文学中所有的伟大主题都呈现了出来，在叙述方式上，“小说仰赖其语言的精巧和迅速推进而统一为一个整体，这样的语言使作品能够在第一人称——叙述者（“我”）的所作所为，所思所想和陀思妥耶夫斯基的生活场景（“他”“他们”“她”）——之间，在过去与现在之间，大胆而摄人心魄地来回切换。但这又不是单一的叙述者茨普金朝拜陀思妥耶夫斯基的现在，亦如不是单一的陀思妥耶夫斯基夫妇从一八六七年到一八八一年（陀思妥耶夫斯基去世那年）的过去。还有过去陀思妥耶夫斯基尽情徜徉于自己记忆的场景和早年生活的激情之中，而现在的叙述者也在激活他自己的记忆。”[2]指出在这部不算很长的长篇小说中：“每个段落都以一个长而又长的句子开始，以‘而’（出现最多），‘但是’（很多），‘尽管’、‘因此’、‘然后’、‘正如’、‘因为’以及‘好像’连接，并伴有破折号，直到一段结束，才出现句号。这些炽热的段落式长句在展开的过程中，情感之河随之高涨，不断地将陀思妥耶夫斯基和茨普金的生活向前推进：以费佳和安娜在德累斯顿生活开始的句子，会冷不防地闪回陀思妥耶夫斯基服苦役的年代，对他和波丽娜·苏斯洛娃的浪漫的回忆又交织着赌博隐的发作，同时穿插进一段叙述者上医大的时光以及对当年拒缴普希金一些诗句的回忆。”[3]在“我”与陀思妥耶夫斯基——历史与现实之间大胆切换，实质是将“我”与陀思妥耶夫斯基的故事，置于互为语境之中，而为了区分这两个故事，特意用两个不同的人物作为叙述发端，并且频繁地使用破折号以进行区分，从而避免叙述紊乱。

类似这样的，以故事做互为语境，在中国古典小说中也有，只是形式不同而已。在《红楼梦》第六十七回中，凤姐听说贾琏背着她偷偷娶了尤二姐，愤恨不已，把跟着贾琏的仆人兴儿找来，逼他说出实话：

凤姐听了这一篇言词，只气得痴呆了半天，面如金纸，两只吊梢子眼越发直竖起来了，浑身乱战。半晌，连话也说不上来，只是发怔。猛低头，见兴儿在地下跪着，便说道：“这也没有你的大不是，但只是二爷在外头行这样的事，你也该早些告诉我才是。这却很该打，因你肯实说，不撒谎，且饶恕你这一次。”……

且说凤姐见兴儿出去，回头向平儿说：“方才兴儿说的话，你都听见了没有？”平儿说：“我都听见了。”凤姐说：“天下哪有这样没脸的男人！吃着碗里，看着锅里，见一个，爱一个，真成了喂不饱的狗，实在是个弃旧迎新的坏货。只可惜这五六品的顶带给他！他别想着俗语说的‘家花哪有野花香’的话，他要信了这个话，可就大错了。多早晚在外面闹一个很没脸、亲戚朋友见不得的事出来，他才罢手呢！”[4]

市俗直白，切齿之声狺狺可闻。与其相适应，叙述语也直白而不做任何藻饰："只气得痴呆了半天，面如金纸，两只吊梢子眼越发直竖起来了，浑身乱战。"

然而，同样是这个凤姐，在诳骗尤二姐进大观园时，又是另一种话语质地与另一种装束：

至门前，凤姐方下车进来。尤二姐一看，只见凤姐头上皆是素白银器，身上月白缎袄，青缎披风，白绫素裙；眉弯柳叶，高吊两梢，目横丹凤，神凝三角；俏丽若三春之桃，清素如九秋之菊。……

凤姐忙上座，……以礼相还，口内忙说："皆因奴家妇人之见，一味劝夫慎重，不可在外眠花卧柳，恐惹父母担忧。此皆是你我之痴心，怎奈二爷错会奴意。眠花宿柳之事，瞒奴或可；今娶姐姐作二房之大事，亦人家大礼，亦不曾对奴说。奴亦曾劝二爷早行此礼，以备生育。不想二爷反以奴为那等嫉妒之妇，私自行此大事，并未说知，使奴有冤难诉，惟天地可表。"[5]

转述语采取了浅近文言，与其相适应，叙述语也采取了同样质地，诸如"眉弯柳叶，高吊两梢，目横丹凤，神凝三角"，对照前引之中："两只吊梢子眼越发直竖起来"，话语风格截然相反。为什么要制造如此巨大的反差？揆之于理，在于前者凤姐面对的是平儿，在自家的房间可以毫无顾忌地肆意发泄，而后者则是要哄骗尤二姐，将其骗进大观园，需要粉饰自己，因此要给人以贤惠、温良、低调之象，非如此，又何以欺骗？但也就由此，使阅读之人感到凤姐阴冷的刀锋、伪善与可笑。叙述者虽然没有介入，一字未著却尽得风流，在悬殊的话语质地中做了最好宣告。凤姐与平儿的对话和去小花枝巷诱骗尤二姐，在迫害尤二姐的故事中是相互衔接的两个事件，在这里，通过不同的话语质地而进行互动，从而展示凤姐的狡诈性格，的确是高明手段而值得阐释与研究。

2016. 6. 19

【注释】

［1］［2］［3］［俄］列昂尼德·茨普金：《巴登夏日》，第 53 页、15 页、15—16 页。万丽娜译。南海出版公司，2012 年 4 月。

［4］［5］［清］曹雪芹：《红楼梦》，第 922 页、926—927 页。蔡仪江校注，浙江文艺出版社，1993 年 10 月。

第八章

小说中的自由直接话语与亚自由直接话语

提　要　小说是叙述语与转述语的组合。叙述语被叙述者控制，主要表现为概述、议论与描写。转述语则被人物控制，主要是人物之间的对话与内心独白。转叙述语有五种形式，即：直接话语、间接话语、自由间接话语、自由直接话语与亚自由直接话语，后两种形态的转述语频繁地大面积出现，显示出叙述语与转述语的合流，展示了中国当下小说叙事特征的变化。

关键词　叙述语　转述语　自由直接话语　亚自由直接话语

从话语的角度看，任何一部小说都是叙述语与转述语的组合。

所谓叙述语，即被叙述者控制的话语，主要表现为概述、议论与描写。转述语，则是人物控制的话语——人物之间的对话语与内心独白。

2003 年，南非作家库切荣膺诺贝尔文学奖。他创作的长篇小说《彼得堡的大师》，为库切赢得声誉，是他的代表作。在这篇小说中，库切通过俄国作家陀思妥耶夫斯基，寻找养子巴维尔的死因，塑造了陀思妥耶夫斯基不仅作为小说家而且作为思想家的形象，折射出库切的丰富寓意。小说从陀思妥耶夫斯基到彼得堡的秣市，即草市街切入：

1869 年 10 月。一辆轻便四轮马车缓缓行驶在圣彼得堡秣市地区的一条街道上。到了一幢高大的分租公寓前面，车夫勒住了马匹。

乘客怀疑地瞅瞅那幢房屋，问道："你肯定这地方不错吗?"

"蜡烛街六十三号，就是你说的地方。"

乘客下了车。他已过中年，留着胡子，腰背有些伛偻，宽阔的前额和浓密的眉毛使他显得沉着和有点自我专注。他穿的一套灰色衣服样式已经过时。[1]

陀思妥耶夫斯基与车夫之间的对话是转述语，余者是出于叙述者的叙述语。转述语通过主语、谓语与叙述标记，与叙述语区分得清晰分明。

但是，在小说文本中，叙述语与转述语并不都是如此明白可分。这就涉及到转述语的存在方式。

【注释】

[1]［南非］j. M. 库切著：《彼得堡的大师》，第 1 页。王永年　匡咏梅译，浙江文艺出版社，2004 年 4 月。

一　转述语的五种形式

转述语有五种存在方式：

（一）直接话语——他沉吟了一会，他说："我明天一定来。"

在转述语之前，设置了主语、谓语、引词（冒号、引号），构成转述语的叙述标记。由于这些标记的存在，转述语与叙述语分离，从而在转述语中出现了第一人称。如果把口中所"说"改为心中所"想"，便转化为内心活动，二者在表述上是一样的。

（二）间接话语——他沉吟了一会儿，他说，他明天一定来。

转述语之前有主语、谓语，但是没有冒号、引号，故而转述语中不能出现第一人称，只能出现第三人称。此时的转述语可以理解为叙述语对转述语的模拟。但是，由于主语与谓语的存在，转述语与叙述语仍然清晰地区分开来。

（三）自由间接话语——他沉吟了一会，他明天一定来。

转述语之前没有任何叙述标记。转述语丧失了独立姿态，被改造为叙述语的一部分。但是，这种形式的转述语一方面是转述语成为叙述语的构成部分，另一方面在叙述语对转述语的改造时，不能不考虑人物原来的话语姿态，从而受到转述语的限制。因此，依然保留了转述语的内容。

（四）自由直接话语——他沉吟了一会，我明天一定来。

转述语之前无任何叙述标记，但是在转述语中出现了第一人称。相对于自由间接话语，可以理解为此时的转述语是对叙述语的改造。易而言之，在本来应该是叙述语的地方出现了转述语，这样的表述便是典型的内心独白。而这种内心独白如果是随机式的联想，便演化为意识流。自由直接话语为内心独白与意识流提供了表述形式。

无论是自由间接话语，还是自由直接话语，均可以视为叙述语与转叙述语的合流，只是合流的主体不同，或者是叙述语合并转叙述语，叙述语是主体；或者是转叙述语合并叙述语，转叙述语为主体。

（五）除此以外，还有一种转述语的形态，即：亚自由直接话语。我们仍然袭用上面的例子表述——他沉思了一会，他说，我明天一定来。相对于自由直接话语，增加了主语与谓语，只是叙述标记变了，将冒号与引号的叙述标记改为逗号，但是，虽然如此，在转述语中仍然出现了第一人称："我明天一定来。"相对于自由直接话语，在叙述语与转述语之间增加了主语、谓语与表示停顿的“,”标记。

当然，亚自由直接话语的形式是多样的，比如安妮宝贝的《二三事》，描述一个潦倒歌手与经纪人 Maya 即将签订合同时的情景：

看多了明星，Maya 自有她判断的标准。有时候成功和漂亮或才气并没有关系，只是一种个性。这种个性无法被猜度，被模仿，被分享，甚至在一般人眼里也并不明显。但它是光，它照亮莲安的脸，让 Maya 在偏僻酒吧角落里一眼看到她。等莲安心满意足地吃完，Maya 直接对她说，她想与她签合同，成为她的经纪人。

我会先让你登台，积累和训练技巧。然后帮你筹备唱片。这唱片由最好的制作人音乐人来衬托你的声音。你会通过唱片出名。再拍电影，拍广告，抵达你天分所应抵达的身价。她拿出合同让莲安签。莲安看到密密麻麻的一大片文字便觉头痛，只问了一句，你最起码会给我一半的钱吧。她说，会。于是莲安拿了笔签下自己的名字。[1]

“我会让你先登台”等转述语出自 Maya，此处采取空行的形式，或者说，用空行代替“,”之后是第一人称。这样的转述语可以说是亚自由直接话语的变种。

【注释】

[1] 安妮宝贝：《二三事》，第83页。北京十月出版社，2011年10月。

二　自由直接话语与亚自由直接话语大面积出现

自20世纪80年代以来，在国内流行的小说文本中，自由直接话语与亚自由直接话语开始频繁地大面积出现而成为一种触目现象。1984年《安徽文学》刊载了严阵的小说《九枝水莲》，开篇是这样的：

已经快半夜了。老周却一直没有来。我正要去睡时，门突然响了。你为什么不睡？我等你呀！等我？当然等你。可是站在我面前的却不是老周。我是小玉。是这里的地导。老周把团带到这里就没事了，明天我负责陪你们。他不在这里住了？今晚我在这，他回家了。回家？他在这里有家？有一间房子，孤单一身。我看他年纪不小了。他还没有成家。当我问这句话时，漆黑的夜空突然亮起一道闪电。在窗纸上划出一道闪光，接着划为一道雷声，由近而远，隆隆而去。小玉是本地人，也许已经习惯了突然这么沉重的雷声，因为听到雷声他几乎无动于衷。雷声过后，接着说：他虽然没有成家，但却牢记了这个家。为什么？因为他家的水池里种着他心爱的莲花呢！[1]

除“接着说：他虽然没有成家，但却牢记了这个家”，具有表示说话的动词与逗号外，也就是亚自由直接话语，其他转述语均采取了自由直接话语。2011年《小说选刊》第二期发转发了郭文斌的《药王品》，小说中的人物葵生和干娘之间有这样一段对话：

葵生到厨房，给娘说，干娘，年做好了么？娘说，好了。葵生揭起上衣下摆，捉虱子似的从腰里掏出五角钱给娘，我提前来把你看一下，初一我就不来了，我和别人走不到一块。娘推让着，不拿那五角钱。葵生就生气了，干娘你不拿那五角钱，就是看不起干儿。如果你看得起干儿，就拿上，现在干儿没有那么多的，等将来干儿子过好了……娘说，好着呢，一家人只要平平安安吉吉利利，就是好，就是福，这五角钱你拿回去，就当我给改娃的，让他上学买本子吧。葵生说，本子有呢，上次他干爷爷送的还没用完呢。最后葵生竟然无礼到自己动手揭起娘的上衣襟子，把那五角钱装到娘的棉袄口袋里。[2]

葵生与干娘之间的对话，一部分是亚自由直接话语，“葵生到厨房，跟娘说，干娘，年做好了么？娘说，好了。”“娘说，好着呢。一家人只要平平安安吉吉利利，就是好，就是福，这五角钱你拿回去，就当我给改娃的，让他上学买本子吧。葵生说，本子有呢，上次他干爷爷送的还没用完呢。”再一部分：“我提前来把你看一下，初一我就不来了。我和别人走不到一块。娘推让着，不拿那五角钱。葵生就生气了，干娘你不拿那五角钱，就是看不起干儿。如果你看得起干儿，就拿上，现在干儿没有那么多的，等将来干儿子过好了……”则是自由直接话语。

《2009年中篇小说精选》选载了方方《琴断口》，其中有这样一段对话：

米加珍说，你今天没去上班吗？杨小北说，是啊。我病了，正在院里打点滴。你来一下好不好？米加珍突然想起蒋汉的短信，心里先是一紧，然后又松了开来。还好，杨小北没事。米加珍说，好的，我晚点儿就来。米加珍还没敢说蒋汉的死，她想如果说出来，杨小北一定会很有压力，他又正病着。[3]

相对于郭文斌的《药王品》，方方的《琴断口》只采取了亚自由直接话语的方式，而这种“说”加“，”的对话方式远远超过自由直接话语。我曾经做过一个随机统计，中国小说学会主编的2009年《短篇小说选》收录19篇小说，11篇采用了亚自由直接话语，《中篇小说选》收有7篇小说，5篇也采取了亚自由直接话语；2011年《小说选刊》2期转载了16篇小说，8篇中的转述语运用了亚自由直接话语；同年6期转载14篇，也有8篇运用了这种转述语的形式。四项相加，总计56篇，其中32篇采用了亚自由直接话语，约占总篇数的57%以上。在以上作品中运用了亚自由直接话语的作家有：铁凝、方方、叶广岑、郭文斌、须一瓜等人。《小说选刊》是中国作家协会主办的刊物，中国小说学会主编的“小说选”也具有较高的权威性。《小说选刊》和“小说选”刊发的作品是中国当下小说的主流，反映了作家的创作趋势和叙事特征。

中国当下的作家为什么热衷这种形式？自由直接话语与亚自由直接话语的支撑何在？它们的源头在什么地方？是一个应该关注的问题。

【注释】

［1］上举《九枝水莲》：“已经快半夜了。老周却一直没有来。我正要去睡时，门突然响了。你为什么不睡？我等你呀！等我？当然等你。可是站在我面前的却不是老周。我是小玉。是这里的地导。”如果按照传统的转述语的方式应该是这样：“已经快半夜了。老周却一直没有来。我正要去睡时，门突然响了。我问：‘你为什么不睡?’‘我等你呀!’‘等我?’‘当然等你。’可是站在我面前的却不是老周。小玉回答：‘我是小玉。是这里的地导。’”把这两段叙述进行比较，我们会发现前者流畅自然，充溢弹性，后者则滞涩而缺少灵动。在自由直接话语中，转述语应该是突出于叙述语的，是转述语对叙述语的改造，或者说是转述语对叙述语的合流。现实的问题是，在众多作家的笔下，自由直接话语只是一种形式，转述语的质地仍然保持了作家风格的叙述语特色。亚自由直接话语相对自由直接话语易于操作，既省去冒号引号的麻烦，又可以通过“说”与“，”将叙述语与转述语衔接起来，保障叙事风格统一与流畅，同时少花力气、少动脑子。亚自由直接话语之所以风靡于当下文坛的原因就在于此。

［2］《小说选刊》，第149页。2011年第2期。按：自由直接话语“加”亚自由直接话语“加”概述是当前不少小说的基本模式。

［3］牛玉秋选编：《2009年中篇小说精选》，第258页。长江文艺出版社，2010年10月。

三　自由直接话语与亚自由直接话语的源头

在我国古典作品中，自由直接话语与亚自由直接话语，并不乏其例而有章可循。

比如，长篇小说《水浒传》。其第三十四回讲述了这样一个故事：宋江率领花荣、燕顺以及矮脚虎王英等人投奔梁山，在官道路口的一家酒店遇见石勇。石勇一人占了一张大桌吃饭，因为宋江带的人多，店里的伙计请石勇换一张小桌。石勇认为这是对自己不尊敬而大发脾气，他对伙计吼道，江湖上，他只给两个人让座，哪两个人？

那汉（石勇）道。一个是沧州横海郡柴世宗的孙子。唤做小旋风柴进柴大官人。宋江暗暗地点头。又问那一个是谁。那汉道。这一个又奢遮。是郓城县押司山东及时雨呼保义宋公明。宋江看了燕顺暗笑。燕顺早把板凳放下了。老爷只除了这两个。便是大宋皇帝也不怕他。[1]

我国古代无西式标点，我们在这里用传统的方法断句。在上面的引文中，“老爷之前”，无主语、谓语和叙述标记，即便运用西式标点也不应该出现冒号与引号。对于石勇“老爷只除了这两个。便是大宋皇帝也不怕他”的话，金圣叹认为是“接上文连说”，[2]金圣叹时代没有转述语的概念，他的“接上文连说”的阐释，不能说错，但是，如果运用转述语的概念，此处的石勇怒吼当是自由直接话语。

同样是中国古典白话小说，《红楼梦》对转述语的处理更为灵活。第四十六回，贾母的大儿子贾赦看上了贾母身边的大丫头鸳鸯，想纳她为妾。贾赦和自己的老婆邢夫人说了这个想法，邢夫人告诉了儿媳凤姐，让凤姐去和鸳鸯说，但是凤姐并不和鸳鸯说，原因是：

> 凤姐知道邢夫人禀性愚犟。只知承顺贾赦以自保。次则婪取财货以自得。家下一应大小事务俱由贾赦摆布。凡出入银钱事务。一经她手。便克啬异常。以贾赦浪费为名。须得我就中俭省。方可偿补。儿女奴仆。一人不靠。一言不听的。如今又听邢夫人如此的话。便知她又弄左性。劝了也不中用。连忙陪笑道。太太这话说得极是。[3]

“凤姐知道邢夫人禀性愚犟”等等为叙述语，“须得我就中俭省。方可偿补”是转述语。在凤姐对邢夫人的分析中，突然改变身份，以邢夫人的口吻出现，突出了邢夫人的性格与凤姐对邢夫人的认知。

众所皆知，中国古典小说是从书场演变而来，在书场里，说书的艺人给听众讲故事，没有任何书印标记，诸如引词之类。为了表明人物说话，只有在直接话语的前面加上“道”或者“说”之类的动词。但是，如果说书人在讲述时，突然转变身份，模仿人物说话，从叙述者转变为故事中的人物，也不是没有可能。在这个条件下，便会出现自由直接话语。我国古典白话小说的叙述形式是对书场格局的模拟，所谓拟书场格局，因此上面所枚举的自由直接话语根本上是书场格局的产物。

《红楼梦》第三十一回“撕扇子作千金一笑　因麒麟伏白首双星”，前半内容描写晴雯因将扇骨摔断，被宝玉说了几句心里不高兴，和宝玉顶撞起来，袭人前来劝解，反而受到晴雯的奚落：

袭人在那边早已听见。忙赶过来向宝玉道。好好的。又怎么了。可是我说的。一时我不到，就有事故儿。晴雯听了冷笑道。姐姐既会说。就该早来。也省了爷生气。自古以来。就是你一人服侍爷的。我们原没服侍过。因为你服侍得好。昨日才挨窝心脚。我们不会服侍的。到明儿还不知是个什么罪呢。[4]

从西式的叙述标记看，传统的断句方法，与亚自由直接话语十分相近，换言之，中国古代的白话小说为今之作家提供了潜移默化的支持与滋养。自由直接话语与亚自由直接话语完全可以在中国古典白话小说中寻觅到坚实的支撑与丰沛的源头。而同样是书场格局的影响，在西方小说中常见的对话方式——两人之间可以省略主语与谓语的对话，在中国古典小说中也有迹可寻。《西游记》第三十二回讲述太上老君有两个童儿，一个是照看金炉的童子，一个是照看银炉的童子，为了给唐僧增加磨难，这两个童子从天上下降尘世，化为两个妖魔，一个叫金角大王，一个叫银角大王。在遇到这两个魔头之前，唐僧派猪八戒去巡山，但是八戒偷懒并不巡山，而是在山上一块大石头下睡觉。睡醒了，八戒对着石头演习，预备回去对孙悟空撒谎，说："我这回去，见了师父，若问有妖怪，就说有妖怪。他问什么山，我若说是泥捏的，土做的，锡打的，铜铸的，面蒸的，纸糊的，笔画的，他们现说我呆哩，若说这话，一发说呆了；我只说是石头山。他问什么洞，也只说是石头洞。他问什么门，却说是钉钉的铁叶门。他问里边有多远，只说入内有三层。再问门上钉子多少，只说老猪心忙记不真。已编造停当，哄那弼马温去！"有了这个背景，在见到孙悟空以后，二人之间有这样一番对话：

行者上前。一把揪住道。是什么山。八戒道。是石头山。什么洞。道。是石头洞。什么门。道。是钉钉铁叶门。[5]

在“什么洞”、“什么门”之前，既无主语也无谓语和引词。这种在西洋小说中常见的现象，在中国古典小说中却较为少见。道理很简单，因为，在西方有引号作为疏离标记，中土则无，难以将转述语与叙述语分开。当然，也不是罕见到只有孤例。我们甚至可以在三千多年以前的《论语·宪问篇》中找到例证：

宪问耻。子曰。邦有道。谷。邦无道。谷。耻也。克伐怨欲不行焉。可以为仁矣。子曰。可以为难矣。仁则吾不知也。[6]

这是一篇关于“仁”的对话。孔子认为如果国家的政治清明，官员可以领取俸禄；但是，如果政治黑暗，官员再领取俸禄就是耻辱了。原宪问：“没有好胜、自夸、怨恨、贪心的人，可以谓仁吗?”孔子回答：“能够达到这样程度的人也就难能可贵了，但是认为这样的人便是仁，我并不赞同。”在“可以为仁矣”的问话之前，没有主语也没有谓语，与上面所枚举《西游记》的例子相同。杨伯峻说：“这句话从形式上看应是肯定句，但从上下文看，实际应是疑问句，不过疑问只是从说话者的语势来表示，不借助于别的表达形式而已。”[7]从转述语的角度看这种缺少主语与谓语的转述语形式，既不属于自由直接话语，也不属于亚自由直接话语，而是属于异常残缺的转述语形式。

以上所举，自由直接话语，亚自由直接话语和异常残缺的转述语形式，是应该引起我们认真研究与深入思索的。

【注释】

[1][2]陈曦钟　侯忠义　鲁玉川　辑校：《水浒传会评本》，第647页、647页。北京大学出版社，1981年12月。

[3][4][清]曹雪芹：《红楼梦》，第594页、405页。蔡仪江校注。浙江文艺出版社，1994年2月。

[5][明]吴承恩：《西游记》，第241页。三秦出版社，1992年4月。

[6][7]杨伯峻译注：《论语译注》，第145页、145页。中华书局，1988年1月。

四　从“类脚本”到小说文本的解放

作家为什么喜欢自由直接话语这种形式？我们仍以《红楼梦》第四十六回为例。邢夫人委托凤姐向鸳鸯转达贾赦的意思，但凤姐没有管，邢夫人无奈，告诉了贾赦。贾赦于是把鸳鸯的哥嫂找来，让他们劝说，听了嫂子话以后，鸳鸯假作同意：

拉了她嫂子到贾母跟前跪下。一行哭。一行说。把邢夫人怎么来说。园子里她嫂子又如何说，今儿她哥哥又如何说。因为不依。方才大老爷索性说我恋着宝玉。不然要等着往外聘。我到天上。这一辈子也跳不出他的手心去。终究要报仇。我是横了心的。当着众人在这里。我这一辈子莫说是宝玉。便是宝金。宝银。宝天王。宝皇帝。横竖不嫁人就完了。[1]

前面有引词，之后是间接话语，再后是直接话语，“方才大老爷索性说我恋着宝玉”“我是横了心的”，没有任何过渡，叙述者突然改变身份，从叙述者的口吻转变为人物的直接声音，刻画出鸳鸯的不屈性格与反抗精神。

再如，《醒世恒言》中收有一篇著名的公案小说《勘皮靴单证二郎神》，讲述一个装神弄鬼的道人奸骗皇帝的妃子，被官府通过他遗落的皮靴而捉拿归案的故事。为了寻找线索，先是把制作皮靴的匠人抓来：

看看天晓。飞也似差两个人捉任一郎。不消两个时辰。将任一郎赚到使臣房里。番转了面皮。一索捆翻。这厮大胆。做得好事。把任一郎吓了一跳。[2]

“这厮大胆。做得好事”，是官人说话，但是却没有主语、谓语和叙述标记。只剩下光秃秃的“话”屹立在叙述语之间，尖锐、突兀，展现了官员的威严，使读者凛然一震而产生了极好的审美效果。就直接话语而言，在略掉主语、谓语与引词之后，避免了叙述者的介入而让人物自己阐释自己，必然会加强人物的真实力度。

当下的问题是，作家在运用自由直接话语，包括亚自由直接话语时，其语言质地，并没有展示人物的性格，叙述语与转述语并无差异，只是将叙述语与转述语保持一种流畅的契合关系而已。既丢失了转述语的质地，也丧失了叙述语与转述语之间的差异与张力。这就不得不令人思忖。既然如此，当下的作家为什么仍然如此热衷于这种形式，除了“省力”之外还有什么深层次的文本原因吗？我们不妨把小说与剧本进行简单的对照分析。剧本由人物对话与背景说明组成，前者属于直接话语，后者相当叙述语。1940 年曹禺创作了三幕话剧《北京人》，揭示了封建家庭走向灭亡的必然性。其中，第二幕是这样开场的：

[当天夜晚，约有十一点钟的光景，依然在曾宅小客厅里。

[曾宅的近周，沉寂若死。远远在冷落的胡同里有算命的瞎子隔半天敲两下寂寞的铜钲，仿佛正缓步踱回家去。间或也有女人或者小孩的声音，这是在远远寥落的长街上凄凉地喊着的漫长的叫卖声。

[屋内纱罩里的电灯暗暗地投下一个不大的光圈，四壁的字画古玩都隐隐地随着翳入黑暗里。墙上的墨竹也更显得模糊，有窗帏的地方都密密的拉严。从旧纱灯的一个宽逢，露出一道灯光正射在那通向大客厅的门上。那些白纸糊的槅子门每扇都已关好，从头至地，除了每个隔扇下半截有段极短的木制雕饰外，现在是整个成了一片雪白而巨大的纸幕，隔扇与隔扇的隙间泄进来一丝微光，纸幕上似乎有淡漠的人影隐约浮动。偶尔听见里面（大客厅）有人轻咳和谈话的声音。

[靠左墙长条案上放着几只蜡台，有一只插着半截残烬

的洋蜡烛。屋正中添了一个矮几子，几上搁了一个小小的红泥火炉，非常洁净，炉上坐着一把小洋铁水壶。炉火融融，在小炉口里闪烁着。水在壶里呻吟，像里面羁困着一个小人儿在哀哭。旁边有一张纤巧的红木桌，上面放着小而精致的茶具。围炉坐着苍白的文清，他坐在一张矮凳上出神。对面移过来一张小沙发，陈奶妈坐在那里，正拿着一把剪刀为坐在小凳上的小柱儿绞指甲。小柱儿打着盹。

［书斋内有一盏孤零零的暗灯，灯下望见曾霆恹恹地独自低声诵读《秋声赋》。远远在深巷的尽头有木梆打更的声音。

陈奶妈　（一面绞着，一面念叨）真的清少爷，你明天还是要走吗？

曾文清　（颔首）

陈奶奶　我看算了吧，既然误了一趟车，就索性在家里等两三天，看袁先生跟愫小姐这段事有了眉目再走。

曾文清　（摇首）

陈奶妈　你说袁先生今天看出来不？

曾文清　（低着头，勉强回答）我没留神。[3]

曹禺剧本中的背景说明向以细致、繁密而著称。他的背景说明不仅有外部环境而且有内部环境，巨细不遗。背景说明加人物对话是剧本的基本模式。在剧本中，叙述语与转述语的界限十分清晰，不存在混淆的可能。但是，如果我们把表示背景与对话的叙述标记删略，加上适当的连接语，便很容易改造为传统小说的模样。同样，如果我们把传统小说，比如，库切《彼得堡的大师》的片段，按照背景说明与人物对话的模式进行简单加工，也很容易改造为剧本。从这个角度看，传统小说是一种“类脚本”，是对剧本的模仿。为了达到“类脚本”的效果，一定要通过完整的叙述标记，把叙述语与转述语区别开来。而自由直接话语与亚自由直接话语的大量出现，则颠覆了“类脚本”传统，使作家的写作更加得心应手，避免了在两种话语之间跳来跳去，无论是转述语还是叙述语统统变成了叙述语，小说只剩下叙述者一个人在那里讲述，[4]从而保证了叙事流畅的最大可能，促进了小说文本的解放。广大读者所以接受这种小说的原因也在于此，阅读时避免了——在叙述语与转述语之间跳来跳去的麻烦，有什么理由不接受这样的文本？当然是应该接受的。只是在接受中，不要忘记了我们接受的不应该只是转述语的姿态，还应该包括转述语的质地，否则只能是买椟还珠，当下小说之所以难成经典，且被批评者所忧虑与诟病的原因，或者就在于此。

2012. 7. 23

【注释】

［1］［清］曹雪芹：《红楼梦》，第604—605页。蔡仪江校注。浙江文艺出版社，1994年2月。

［2］［明］冯梦龙编著：《醒世恒言》，第254页，顾学颉校注。人民文学出版社，1979年8月。

［3］曹禺：《北京人》，第83—84页。人民文学出版社，1998年4月。

［4］亚自由直接话语采取转述语的姿态，而实质是叙述语。这样的转述语可以是一个人物，也可以是多个人物。试举一例："沪生经过静安寺菜市场，听见有人招呼，沪生一看，是陶陶，前女朋友梅瑞的邻居。沪生说，陶陶卖大闸蟹了。陶陶说，长远不见，进来吃杯茶。沪生说，我有事体。陶陶说，进来嘛，进来看风景。沪生勉强走进摊位。陶陶的老婆芳妹，低鬟一笑说，沪生坐，我出去一趟。两个人坐进躺椅，看芳妹的背影，婷婷离开。沪生说，身材越来越好了。陶陶不响。沪生说，老婆是人家的好，一点不错。陶陶说，我是烦。沪生说，风凉话少讲。陶陶说，一到夜里，芳芳就烦。沪生说，啥。陶陶说，天天要学习，一天不学问题多，两天不学走下坡，我身体，一直是走下坡，真吃不消。沪生说，我手里有一桩案子，是老公每夜学习社论。老婆吃不消。陶陶说，女人真不一样，有种女人，冷清到可以看夜报，结绒线，过两分钟就讲，好了吧，快点呀。……"这是金宇澄

《繁花》的开卷“引子”（上海文艺出版社，2013年3月）。三十五万字的小说，基本是人物之间的亚自由直接话语，细致的描写几乎没有。为什么要摒弃描写，金宇澄表示他所采取的讲述方式，是对旧时说书人的回归，通过对话讲故事，这是从“说话”的角度，如果换一个角度，从时间的角度：省略、概述、停顿、场景。省略属于零叙事，概述相当缩写，停顿即描写，游离于故事的描写，在故事的进展中处于停滞状态。场景属于对话。当下的中国小说，停顿或者说描写基本被驱逐，四种叙事方式只剩下：省略、概述与场景。因为作者——包括读者在内不再关注身外的事物，只关注自己生活的意义，在信息化时代，只有对话是真实的，从而泛射出当下中国人的一种生活姿态。

第九章

变异话语

提　要　在文学作品中，变异话语是一种常见现象。变异话语取决于语境、意义新生、修辞以及语感。所谓语感，通俗讲，是指对语言的感应能力。语感包括三个方面，即：质地（词汇的选择）、句型（词汇之间的节奏）与句型组合。语感是衡量作家控制语言能力的重要标志。通过语感构建变异话语，相对意象新生与修辞，更是检验作家控制话语的试金石，因为究其实质，语感背后呈现的是作家的人生波澜与文化定力。

关键词　语境　变异话语　意象新生　话语阈限　变异修辞　语感

文学创作是一种特殊行业。如同任何一个行业，文学创作也有自己的特殊用语，或者说是行话。这个行话与社会大多数人所使用的话语有所不同，我们在这里称之为变异话语。

那么，什么是话语，什么是变异话语？

话语，是指“说的话”与“听到的话”。在运用文字的情况下，话语是指用文字写下来的话。话语也叫言语。话语不等于语言。语言是对话语的抽象，是全体社会成员约定俗成、共同遵循的话语系统。话语相对语言则具有特殊性，具有个人、人群与地域的特征。表现在文本上，话语可以分为三种，即：科学话语、日常生活中的应用话语与文学家使用的文学话语。文学话语即变异话语，也就是话语变形，与通常的话语不同，变异话语具有鲜明的个人的情感色彩。然而，虽然如此，即便是普通的日常应用话语，在不同的文本之中，由于语境的作用，也可转化为变异话语。

一　语　境

2009 年 8 月 22 日《新京报》刊登了这样一则新闻：

两名男孩永定河游泳溺亡

本报讯（记者甘浩张宁田北北通讯员张富强杨占敔）昨日 15 时许，石景山燕山水泥厂西侧的永定河里，两男孩游泳时溺水身亡。晚 6 时许和 9 时许，尸体被打捞上岸。搜寻过程中，警方又打捞出一对母子尸体。

……

警方和消防救灾人员在溺水点进行打捞的同时，还派人沿河堤巡查。巡查到南 300 米处的满水桥边时，发现河道浮萍里有异物漂浮。“翻看浮萍一看，是一具已腐烂的尸体，随后又发现了另一具尸体。”一名救援人员说。下午 5 时 20 分，警方将尸体打捞上岸。目击者称，此处打捞上来的是一大一小两具尸体。

昨晚，石景山区政府负责人证实，救援人员搜寻时找到了这对母子的尸体。:“这与两小孩溺水没关系。”负责人称，经过调查，死亡女子8月18日发生家庭纠纷后带着儿子离家出走，所后不知去向。警方初步怀疑系母子投河身亡。

上面引录的是一则通讯，属于社会新闻而与文学无关。但是，假如把这则新闻镶嵌在下面的语境之中：

2009年。十月。夜。雨和风。林木围绕的洼地。一片丛生着赤杨的池沼，岸上是战壕。前面是一层一层的铁丝网。战壕里面是冰冷的稀泥。在士兵们挖掘出来的壕室里，上尉刘晓军在阅读一分旧报纸。报纸是八月份的，已经泛黄了，但刘晓军仍然津津有味地看着，并高声读出来。

(《新京报》关于两名男孩永定河游泳溺亡的报道)

“我靠！真够惨的”一个大胡子士兵说。“我看看!”，一个小个子兵把报纸抢过去。

夜雾高升起来。灰白的浓稠的雾将战壕完全隐蔽了。厚重的赤杨的叶片落下来，从壕室里传出高低粗细的鼾声。[1]

在这样的语境下，2009年8月22日《新京报》刊载的消息变成了变异话语，也就是说演化为文学一部分了。由此可见，模拟是变异话语的一种手段。为什么？因为语境变了。

在不同的语境下，模拟具有不同效果。尤其是文艺作品中，模拟性质的话语格外重要，可以收到特殊的艺术效果。这就如同在话剧的舞台上，日常生活中的床，放在舞台上则成为道具而成为表演的一个元素了。

反之也是如此，在物质极度匮乏的年代，纸质文学作品的最大用处，对有烟瘾的人来说，不是去阅读而是把它撕下来，作为卷烟的材料。话语与变异话语，简之，没有不可以逾越的鸿沟。在不同的语境下，话语与变异话语是可以通约而相互转换的。

【注释】

［1］此处文字模仿肖洛霍夫《静静的顿河》，第二部卷四第一章，第 501 页部分文字。金人译，人民文学出版社，1980 年 11 月。

二　意象新生

所谓意象新生是指：将日常非文学事物改造为新的、有意味的意象或意蕴。为了说明这个问题，不妨以《静静的顿河》首卷的开端描写为例：

麦列霍夫家的院子，就坐在村庄的尽头。牲口院子的小门正对着北方的顿河。在许多生着青苔的浅绿色的石灰岩块中间，有一道陡斜的、八沙绳长的土坡，这就是堤岸；堤岸上面分布着一堆一堆的珍珠母一般的贝壳；灰色的、曲折的、被波浪用力拍打着的鹅卵石子边缘；再向前去，就是顿河的激流被风吹起蓝色的波纹，慢慢翻滚着。东面，在当作场院篱笆用的红柳树的外面，是“将军大道”，一丛一丛白色的艾蒿，被马蹄践踏过的、生命力很强的褐色杂草，十字路口上有一座小教堂；教堂的后面，是被流动的蜃气笼罩着的草原。南面，是灰白色的起伏的山脉。西面，是一条穿过广场、直通到河边草地去的街道。[1]

这段引文中，在肖洛霍夫的笔端出现了十三个景观，即：牲口院子的小门；北方的顿河；生着青苔的浅绿色的石灰岩块；陡斜的、八沙绳长的土坡；被波浪用力拍打着的鹅卵石子边缘；顿河的激流被风吹起蓝色的波纹；将军大道；白色的艾蒿；褐色杂草；小教堂；蜃气笼罩着的草原；灰白色的起伏的山脉；穿过广场，直通到河边草地去的街道。如果删除这些景观前面修饰性的定语，袒露出来的只是：小门、顿河、石灰岩块、土坡、边缘、波纹、大道、艾蒿、杂草、小教堂、草原、山脉、街道。都只是孤立的名词，没有任何文学性。

我们不妨从中遴选五个名词做简单的话语实验。依据肖洛霍夫的描述，对杂草、鹅卵石子边缘、草原、山脉、波纹，分层次进行文字组合：

1. 杂草——褐色的杂草——生命力很强的褐色杂草——被马蹄践踏过的、生命力很强的褐色杂草；

2. 鹅卵石子边缘——被波浪用力拍打着的鹅卵石子边缘——灰色的、曲折的、被波浪用力拍打着的鹅卵石子边缘；

3. 草原——蜃气笼罩着的草原——被流动的蜃气笼罩着的草原——教堂的后面，是被流动的蜃气笼罩着的草原；

4. 山脉——灰白色的起伏的山脉——南面，是灰白色的起伏的山脉；

5. 波纹——蓝色的波纹——再向前去，就是顿河的激流被风吹起蓝色的波纹。

我们不难发现，这些原本僵化的景观被逐次修饰以后变得丰盈灵动起来。

我们再挑出杂草做进一步分析。在肖洛霍夫笔下，杂草的描绘分为四个阶段：

1. 杂草。哪一类草，什么草，不得而知，只是对草的泛泛解读，属于绝对的普通词汇，是日常生活中的普通话语；

2. 褐色的杂草。带有色彩了，相对杂草而言，赋予了颜色；

3. 生命力很强的褐色杂草。不仅有颜色了，而且注入作家的感觉与判断，普通的生活话语开始发酵，渐次转化为变异话语了；

4. 被马蹄践踏过的、生命力很强的褐色杂草。草是具象，马蹄也是具象的，两个具象联系起来，产生了一种丰饶的意象。

就是这样，肖洛霍夫以逐层修饰的手法，将原本属于生活用语的杂草创造成为具有变异话语特征的意象，从而营造出特殊的文学效果。普通的生活话语之所以转化为变异话语，分析起来是由于肖洛霍夫在杂草上增加了这样一些元素：

1. 颜色——褐色；

2. 感觉与判断——生命力很强；

3. 新具象——马蹄；

4. 判断是有意味的——生命力很强的杂草，具有暗示，可以产生想象；

5. 新的具象与旧有的具象联系是有机的——被马蹄践踏过的、生命力很强的褐色杂草，从而创造出新的意象。

在这里，有意味的感觉、判断与不同具象的联系是话语转变为变异话语的基本条件。

前者是将主观意识融入客体，使其带有作家的倾向与情感色彩，从而创造出新生的意象；后者则是将不同具象通过作家的联想有机地联系起来，使得单一的具象孕育出了复杂的、有意味的联想，进而产生了崭新、繁复的意象或者意蕴。

新意象的出现与有意味的联想，是话语转变为变异话语的基本法则，这就是意象新生。从修辞学的角度阐发，这种意象新生，采取了增饰法，将简单的客体繁缛化、主观化、意象化、意味化，对客体进行观察、思索与联想，挖掘出可以刺激大脑皮层的兴奋点，从而达到审美境界。

【注释】

［1］［苏联］肖洛霍夫：《静静的顿河》，第一部卷一第一章，第5页。金人译，人民文学出版社，1980年4月。

三　话语阈限

话语转化为变异话语，是有条件的，不是无序、无意义的复杂化，而是有序、有意义的复杂化。我们以杜牧的《清明》为例进行分析。原诗是这样的：

清明时节雨纷纷，路上行人欲断魂。
借问酒家何处有？牧童遥指杏花村。

有人认为啰唆，压缩为五言：

时节雨纷纷，行人欲断魂。
酒家何处有？遥指杏花村。

有人认为还可以再压，每句压缩为三字：

雨纷纷，欲断魂。

何处有？杏花村。

删掉了“清明时节”、“路上行人”、“借问酒家”、“牧童遥指”，使得原本丰赡灵动的意象大为缩减，充满诗意的变异话语退化为庸常用语，从而难以形成有意味的联系。所谓“一味苟简也非上策”，[1]孤立的具象难以产生审美，具象只有在语境下，构建互联的津梁，才能产生审美意象。话语也是如此，脱离了语境的话语不会调动读者审美意趣。当然，话语的不适当增加，也会适得其反。比如：

那年清明时节雨纷纷，
乡间路上行人欲断魂。
诗人借问酒家何处有？
小小牧童遥指杏花村。

也改造成为坏诗。

这就涉及到阈限问题。在文学创作中，作家提供的是话语信息，这种信息必须达到适量的刺激也就是阈限，才能唤起读者的审美想象。达不到这个阈限，大脑皮层便不能引起兴奋，储存的信息不能被激活，因此很难对输入的信息进行加工，审美体验也就无从进行。然而，如果超过阈限，大脑皮层的兴奋点过多，则会导致负面诱导，“各个兴奋中心之间互相抑制，读者就会感到疲劳。”[2]只有在作者将话语控制在阈限范围内，“读者的注意、理解、联想、想象等心理因素才能充分调动起来，从而出现感觉敏锐、反射迅速、美感强烈，兴会最佳的鉴赏心态。”[3]

对话语的控制，归根结底是对话语阈限的把握，向读者提供适当而又足够的信息量，是作家必须具备的能力。

【注释】

［1］［2］［3］吴思敬：《心理诗学》，第 290 页、290 页、290 页。首都师范大学出版社，1996 年 10 月。

四　变异修辞

正常的词语搭配有两个基本法则，即：语法上，要符合搭配原则；语义上，要符合内容之间的制约。然而，在话语的交际中，时常出现变异现象，即：词语之间的搭配虽然符合语法原则，但是词语内容却不符合日常逻辑。比如："整夜的狂风吹过，路旁的大树疼得弯了腰。"语法是正确的，主语、谓语、宾语，各安其位，但是词语的内容却不符合常规。"大树"怎么会"疼"呢？

这便是修辞。通过修辞而将话语进行反常搭配，从而形成变异话语，这种修辞即变异修辞。变异修辞在文学作品中是一种常见现象。对此，许多语法家和文学批评家认识不清，而往往指责作家出现语法错误，这种指责，有时是对的，但往往是错误的，因为他们混淆了不同语体特征。上面说到，语体分为科学、应用与文学三种语体。具体而言，科学语体，指社会科学与自然科学的文章，基本没有变异修辞；应用语体，指人们日常交往中所写的文章，即应用文，也基本没有变异修辞。文学语体，指小说、戏剧、诗歌、散文。在文学语体中，变异修辞是常见之事，没有什么可以惊骇的，如果不出现变异修辞反而是奇怪的事情了。然而，同样是文学语体，话剧、小说、散文、诗歌四种文体，变异修辞的出现的概率也不尽相同，话剧最少而诗歌最多。

变异修辞是通过修辞格而完成的，比如：辛弃疾《满江红》中的首句："敲碎离愁，纱窗外，风摇翠竹"，[1]采取的是拈连法。张丽萍《无名高地》："最鲜的血/最响亮的血/最烫手的血/溶化在一起"，[2]采取的是移觉法，将听觉转为视觉。胡玫《夏天，走出我的记忆》："携着满眼绿色/沿着叶铺就的凄凉/踮起狂躁的鞋尖/你悄悄走出我的记忆"，[3]首句与次句采取隐喻手法，第三句是移就，第四句是拟人，四句诗运用了三种修辞格。

在文学作品中，之所以将日常交流的普通话语，通过修辞改造为变异话语，是为了新颖，至少不那么庸常而将其激活，从而营造一种话语的陌生感。

当然，变异修辞是有条件的。即：

1. 语体要求。在文学语体中出现变异修辞是常态，而且受到读者的赞赏，因为可以增加艺术魅力，如果没有变异修辞则会减少艺术感染力。但是如果是非文学语体，运用变异修辞则应根据文本中的语境而定。

2. 语境条件。语境是变异修辞的基本条件。语境有广义与狭义之分。广义的语境指社会、时代以及人物情感、场所、对象，等等。狭义的语境，则是指单纯的上下文。话语表达与上下文之间的关系十分重要，没有合适的上下文，修辞便称为无本之木。比如，张一弓的《挂匾》：“乡党委书记和乡长都很年轻，他们的祝酒词也很年轻：‘为了落实党的富民政策，请干了这杯！’”[4]“干部”因为“年轻”，所以祝酒词也就“年轻”，“年轻”这个词语被拈连到祝酒词上来。但是，如果换一种语境：“乡党委书记和乡长都是外地人，他们的祝酒词也很年轻：‘为了落实党的富民政策，请干了这杯！’”便不伦不类了。

3. 美学标准。变异修辞以美学为基础，要符合美学原则。话语交际过程是信息的传递过程。信息包括实用信息、潜在信息、风格信息、美学信息。每一个人在信息交流过程中，都有自己的风格，作家当然也是如此，只是有强弱之分，优劣之分而已。美学信息是一种补偿信息，主要是对实用信息的补偿。表达者在运用平常的（实用交际）言语表达手段不足以表达时，便采取特殊的表达手段，而这个手段便是修辞，用以制造打动读者的效果。

在传递过程中必然要产生损耗，制造者的审美水平与接受者的审美水平，大体应该保持在一个层面上而避免信息的大量流失。如果接受者水平过低，则其所接受的美学信息必然要大打折扣而不能产生相应美感。下里巴人，和者甚多；

阳春白雪，和者甚少，古今无殊，高水准的话语发送与低水准的话语接受难以对接，变异修辞的美学信息在传播过程中发生损耗的原因之一就在这里。

【注释】

［1］辛弃疾：《稼轩长短句》，第42页。上海人民出版社。1975年1月。

［2］［3］［4］转引自刘广艺：《变异修辞学》，第138页，139页、143页。湖南教育出版社，2004年9月。

五 语 感

鲁迅的《阿Q正传》，首章是“序”，开端这样写道：

我要给阿Q做正传，已经不止一两年了。但一面要做，一面又往回想，这足见我不是一个“立言”的人，因为从来不朽之笔，需传不朽之人，于是人以文传，文以人传——究竟谁靠谁传，渐渐的不甚了然起来，而终于归结到传阿Q，仿佛思想里有鬼似的。

然而要做这一篇速朽的文章，才下笔，便感到万分的困难了。第一是文章的名目。孔子曰：“名不正则言不顺”。这原是应该极注意的。传的名目很繁多：列传、自传、内传、外传、别传、家传、小传……，而可惜都不合。“列传”么，这一篇并非和许多阔人排在“正史”里；“自传”么，我又并非就是阿Q。说是“外传”，“内传”在那里呢？倘用“内传”，阿Q又决不是神仙。“别传”呢，阿Q实在未曾有大总统上谕宣付国史馆立“本传”——虽说英国正史上并无

"博徒列传"，而文豪迭更斯也做过"博徒列传"这一部书，但文豪则可，在我辈却不可的。其次是"家传"，则我既不知与阿Q是否同宗，也未曾受他子孙的拜托；或"小传"，则阿Q又更无别的大传了。总而言之，这一篇也便是"本传"，但从我的文章着想，因为文体鄙下，是"引车卖浆者流"所用的话，所以不敢僭称，便从不入三教九流的小说家所谓"闲话休提言归正传"这一句套话里，取出"正传"两个字来，作为名目，即使与古人所撰《书法正传》的"正传"字面上很相混，也顾不得了。[1]

上引文字，分析起来有这样一些特征：其一，在词汇的选择上，出现了繁多的传记称谓；其二，多短句；其三，多转折词；其四，文风诙谐调侃，使我们感受到只属于鲁迅的特殊风格的语感。

老舍《骆驼祥子》的开端这样写道：

我们所要介绍的是祥子，不是骆驼，因为"骆驼"只是个外号；那么，我们先就说祥子，随手儿把骆驼与祥子那点关系说过去，也就算了。

北平的洋车夫有许多派：年轻力壮，腿脚灵利的，讲究赁漂亮的车，拉"整天儿"，爱什么时候出车与收车都有自由；拉出车来，在固定的"车口"或宅门一放，专等坐快车的主儿；弄好了，也许一下子弄个一块两块的；碰巧了，也许白耗一天，连个“车份儿”也没着落，但也不在乎。这一派哥儿们的希望大概有两个：或是拉包车；或是自己买上辆车，有了自己的车，再去拉包月或散座就没大关系了，反正车是自己的。

比这一派岁数稍大的，或因身体的关系而跑得稍差点劲儿的，或因家庭的关系而不敢白耗一天的，大概就多数拉八成新的车；人与车都有相当的漂亮，所以在要价儿的时候也还能保持住相当的尊严。这派的车夫，也许拉“整天”，也许拉“半天”。在后者的情形下，因为还有相当的精气神，所以无论冬天夏天总是“拉晚儿”。夜间，当然比白天需要更多的留神与本事；钱自然也多挣些。

年纪在四十以上，二十一下的，恐怕就不易在前两派里有个地位了。他们的车破，又不敢“拉晚儿”，所以只能早早的出车，希望能从清晨转到午后三四点，拉出“车份儿”和自己的嚼谷。他们的车破，跑得慢，所以得多走路，少要钱。到瓜市，果市，菜市，去拉货物，都是他们：钱少，可是无需快跑呢。[2]

这段引文里有不少老北京的词汇，诸如：“拉晚儿”、“车份儿”、“白耗一天”、“嚼谷”，等等。当然也多用短句，风趣而幽默，但是这一风格是建立在北京市井的语言之上而与鲁迅呈现两种不同的语感。

什么叫语感？通俗讲，即：对语言的感应能力。语感包括三个方面，一是词汇的选择（即词汇的质地，使用何种质地的词汇）；一是控制词汇之间的节奏（即句型，使用何种句型）；一是不同句型的组合。语感的实质是作家内心活动在语言上的反映，通过语感，读者可以感受作家的生命律动、情绪和意象的流动，从而歆享一种审美愉悦。

语感是衡量作家语言能力的重要标志。

一般而言，在小说中，意象新生、修辞和由于语境而形成的变异话语所占篇幅并不很多，绝大部分是带有语感的话语，以鲁迅短篇小说《高老夫子》为例，为了分析便利，在下面引文中加上序号：

1. 这一天，从早晨到午后，他的工夫全费在照镜，看《中国历史教科书》和查《袁了凡纲鉴》里；真所谓“人生识字忧患始”，顿觉得对于世事很有些不平之意了。而且这不平之意，是他从来没有经验过的。

2. 首先就想到往常的父母实在太不将儿女放在心里。他还孩子的时候，最喜欢爬上桑树去偷桑葚吃，但他们全不管，有一回竟跌下树来磕破了头，又不给好好地医治，至今左边的眉棱上还带着一个永不消灭的尖劈形的瘢痕。

……

3. 黄三就在他桌旁坐下，向桌面上一瞥，立刻在一面镜子和一堆乱书之间，发现了一个翻开着的大红纸的帖子。他一把抓来，瞪着眼睛一字一字地看下去：

4.

今敦请
尔础高老夫子为本校历史教员每周授课四小时每小时敬送修金大洋三角正按时间计算此约
贤良女校校长何万淑贞裣衽谨订
中华民国十三年夏历菊月吉旦 立

……

5. 他心头跳着，笔挺地站在讲台旁边，只看见半屋子都是蓬蓬松松的头发。瑶圃从大襟袋里掏出一张信笺，展开之后，一面看，一面对学生说道：

……

6. 高老夫子脸上登时一热，忙看书本，和他的话并不错，上面印着的的确是："东晋之偏安"。……待到发挥"石勒之雄图"的时候，便只听得吃吃地窃笑的声音了。

7. 他不禁向讲台下一看，情形和原先已经很不同，半屋子都是眼睛，还有许多小巧的等边三角形，三角形中都生着两个鼻孔，这些连成一气，宛然是流动而深邃的海，闪烁地汪洋地正冲着他的眼光。但当他瞥见时，却又骤然一闪，变了半屋子蓬蓬松松的头发了。

8. 他也连忙收回眼光，再不敢离开教科书，不得已时，就抬起眼睛来看看屋顶。[3]

上引有两处明显的话语变异，一处是修辞方面的变异，即7，通过隐喻，将眼光与鼻孔比喻为深邃而流动的海；再一处是4，将一张生活中的请柬，通过语境的关系而转变为变异话语。

其余的：1、2、3、5、8，则呈现一种特殊的叙事风格。这种叙事风格，便是鲁迅的语感。

1925年2月上海《东方杂志》发表了郭沫若的一个短篇小说《喀尔美萝姑娘》，讲述“我”暗恋一个日本少女而不能自拔的故事，小说这样开端：

我们别来将近两个月了，你虽然写了不少的信来，但我还不曾写过一封信给你。我临走的时候，对你说的是要到此地的电气工厂来实习，但这不过是我借口的托辞，可怜你是受了我的欺骗了。你以为我不写信给你，怕是因为我实习事忙，你只要我偶尔写张邮片来告你以安否——啊，朋友，象你这样的爱我，这样关心我的人，我才不能不欺骗你。我凝视着我自己颓败了的性情，凝视着我自己虚伪的行径，连我自己也有哀怜我自己的时候！我自己就好像一只颓蜡，自己燃出的火光把自己的身体烧坏，在不久之间，我这点微微的火光也快要熄灭了。

丢在国内的妻儿承你时常照拂，我很感谢你。我把他们抛别了，我很伤心，但我也没法。我的瑞华你是知道的，她是那样一位能够耐苦的女性，她没有我也尽能开出一条血路把儿女养成，有我恐怕反转是她的累赘呢。我对于她是只有礼赞的念头，就如象我礼赞圣母玛利亚一样；但是要我做她的丈夫，我是太鄙下了呀！太鄙下了！她时常是在一种圣洁的光中生活的人，她那种光辉便是苛责我的刑罚。我在她面前总觉得痛苦，我的自我意识使我愈加目击着我和她间的远不可及的距离。朋友，我和她的结婚，要算是别一种意义的一出悲剧呢。[4]

引文中关于“颓蜡”与“圣母玛利亚”以及“她时常是在一种圣洁的光中生活的人，她那种光辉便是苛责我的刑罚”具有修辞意义，其余文字属于庸常用语，但却泛滥着郭氏风格，换言之，具有一种郭氏的叙事风格。举凡著名作家都有自己的叙事风格，郭沫若当然也是如此，而叙事风格往往就是语感。小说是语言的艺术，小说可以没有境界、联想、通感，等等，但是不能没语感。通常所说的语言好，实质是指语感好。通过语感构建变异话语，相对意象新生与修辞，更是检验作家控制话语的试金石，因为究其实质，语感背后呈现的是作家的人生波澜与文化定力。

2016. 6. 8

【注释】

[1] 鲁迅：《鲁迅全集》，第一卷，第487—488页。人民文学出版社，1987年。

[2] 老舍；《骆驼祥子》，第1—2页。人民文学出版社，2015年2月。

[3] 鲁迅：《鲁迅全集》，第二卷，第74页—80页。人民文学出版社，1987年。

[4] 郭沫若：《漂流三部曲》，第60—61页。人民出版社，1987年9月。

第十章

漫溢话语

提　要　漫溢话语包括漫溢与漫溢话语两个概念。如果在一篇小说中出现两个相连的故事，后一个故事在指向上颠覆了前一个故事，这一现象便称为漫溢。话语为故事服务，然而当着话语与故事表现分离倾向，甚至出现话语自足状态，这个现象便称为漫溢话语。无论是漫溢还是漫溢话语，从话语角度统称漫溢话语。

关键词　漫溢　漫溢话语　话语自足

漫溢话语是小说中应该引起关注的现象。

漫溢话语包括两个概念。一是漫溢，一是漫溢话语。

小说的核心是故事。如果小说中出现两个相连的故事，后一个故事与前一个故事处于指向发生变异的断裂状态，这一现象我们称为漫溢。

故事通过话语呈现。或者说，话语为故事服务。但是，任何事情均有例外，在有些小说中，话语与故事表现出一种分离的倾向，话语脱离了故事甚至出现话语自足状态，这个现象称为漫溢话语。

无论是漫溢还是漫溢话语，在话语角度上，我们统称漫溢话语。

一　疏离故事

《水浒传》第二回讲述鲁智深打死镇关西以后，被官府追铺，有这样一段文字：

> 东逃西奔，急急忙忙，行过了几处州府，正是："饥不择食，寒不择衣，慌不择路，贫不择妻。"[1]

对"饥不择食"四句，金圣叹批道："忽入四句，如谣似谚，正是绝妙好词。第四句写成谐笑，千古独绝。"[2]指出第四句是"谐笑"。因为这一句与鲁智深当时的情景无涉，在逃命时还要想到择妻，自然是玩笑，而且那玩笑也大了些。从叙事学的角度看，前三句从衣服、食品、道路的选择表现了逃难者的惶急心态，无疑是准确的，第四句则脱离故事，是为了凑趣而成，只是满足话语的自身，脱离了人物与情节而荡漾开来。

同样是《水浒传》，第三十一回，讲述清风寨的知寨刘高之妻为母亲小祥在坟头化纸时，被清风山的强人掳上山，矮脚虎王英强迫她做压寨夫人，宋江得知以后，劝王英释放了她，王英不同意，但最终碍于情面还是答应了。两个轿夫于是把刘高的妻子抬下山回到清风寨：

众人见轿夫走得快，便说道："你两个闲常在镇上抬轿时，只是鹅行鸭步，如今却怎地这等走的快?"那两个轿夫应道："本是走不动，却被背后老大栗暴打将来。"众人笑道："你莫不见鬼，背后那得人?"轿夫方才敢回头，看了道："哎也！是我走得慌了，脚后跟直打着脑勺子。"众人都笑。[3]

这是一则我们熟悉的故事。对这一节"脚后跟直打着脑勺子"的文字，容与堂刻本认为："鄙俚可笑，可删可删"，[4]删略以后，情节更为紧凑好看。金圣叹则持相反态度，批道："妙"，"作者无可见长，故借此作闲中一笑也"，[5]认为是诙谐的微笑。

既然与情节无关，容与堂的做法是可以理解的。然而，有了轿夫的那些文字，自然会增加舒缓之气，将上下情节断开，节奏也就更为鲜明。当然，这还是就故事的角度，实质是这几句调侃本身便具有独立的超乎故事的价值，属于话语漫溢。

《西游记》是我国古代四大名著之一。其中，第三十二至三十五回，叙述唐僧师徒四人离开宝象国以后，日值功曹化身樵夫警告唐僧，此处有一伙“毒魔狠怪”，专吃“东来西去的人。”[6]唐僧闻言让徒弟们细问端详。孙悟空追上樵夫问清底细打起小算盘。他想，如果自己与魔头打头阵，即便是打胜了也不显本事，不如让八戒去打头阵，“若是打得过他，就算他一功；若是没手段，被怪拿去，等老孙再去救他，却好显我本事。”[7]于是撺掇唐僧让八戒巡山。

令人疑虑的是，在八戒巡山的过程中，发生了许多叫读者捧腹的情节。第一次，八戒钻进红草坡里睡觉。孙悟空跟在后面监视他的行动，看他如此懒惰，便变成一只红铜嘴，黑铁脚的啄木鸟，照八戒的嘴唇上啄了一下，啄出血来，八戒痛得爬起来，看见啄木鸟咬牙骂道：“这个亡人！弼马温欺负我罢了，你也来欺负我！我晓得了。他一定不认我是个人，只把我嘴当一段朽烂的树，到里面寻虫儿吃的，将我啄了这一下也。”[8]为避免啄木鸟的袭扰，八戒把嘴揣在怀里，继续睡觉。孙悟空哪里肯容他，在他的耳朵后面，又啄了一下，八戒慌忙爬起来，以为这里是啄木鸟的窠臼，“怕我占了，故此这般打搅。罢！罢！罢！不睡它了！”[9]于是打叠精神继续巡山。行了四五里路，只见山凹中有一块桌面大的四四方方青石头，八戒放下钉耙，对着石头唱个大诺，“把石头当着唐僧、沙僧、行者三人，朝着他演习”，[10]喃喃自语道：

我这回去，见了师父，若问有妖怪，就说有妖怪。他问什么山，我若说是泥捏的，土做的，锡打的，铜铸的，面蒸的，纸糊的，笔画的，他们现说我呆哩，若说这话，一发说呆了；我只说是石头山。他问什么洞，也只说是石头洞。他问什么门，却说是钉钉的铁叶门。他问里边有多远，只说入内有三层。再问门上钉子多少，只说老猪心忙记不真。已编造停当了，哄那弼马温去。[11]

从情节的发展看，猪八戒的言谈举动与后面的故事没有必然联系。后面的故事并不因为八戒的嘴曾经被啄木鸟啄破，发生什么变化，也不因为他曾经对着青石头演习编造谎言，而产生什么与此相连的结果，与《水浒传》中的例子同样属于漫溢话语，从故事的整体性看，也完全可以芟夷。但是，倘若芟夷八戒这些可笑的举动，则无可避免地会减少许多阅读兴趣，而这样的兴趣，对纯文学小说是难以或缺十分必要的。通俗小说与纯文学小说的区别之一就在这里，漫溢话语的价值与意义也就在这里。

【注释】

［1］［2］［3］［4］［5］陈曦钟　侯忠义　鲁玉川　辑校：《水浒传会评本》，第96页、96页、606页、606页、606页。北京大学出版社，1981年12月。

［6］［7］［8］［9］［10］［11］吴承恩：《西游记》，第238页、239页、240—241页、241页、241页、241页。三秦出版社，1992年4月。

二　夸张的漫溢话语

这样的手法，在当代小说中被刻意夸张，以莫言的《透明的红萝卜》为例。

《透明的红萝卜》是莫言的代表作。这个颇长的短篇，讲述了一个人民公社的故事。黑孩的母亲死了，继母不喜欢他，得不到母爱的黑孩孤独可怜。一次，黑孩被派出工，同村的小石匠总是照顾他，而外村的小铁匠则对他很不友善。一天，小铁匠让小男孩从田里拔萝卜，拔回来的萝卜放在铁砧上：

红萝卜的形状和大小都像一个大个阳梨，还拖着一条长尾巴，尾巴上的根根须须像金色的羊毛。红萝卜晶莹透明，玲珑剔透。透明的、金色的外壳里包孕着活泼的银色液体。红萝卜的线条流畅优美，从美丽的弧线上泛出一圈金色的光芒。光芒有长有短，长的如麦芒，短的如睫毛，全是金色，……[1]

黑孩想吃这个萝卜，但是小铁匠一把将萝卜抢过来，骂道："狗日的！公狗！母狗！你也配吃萝卜？老子肚里着火，嗓里冒烟，正要它解渴！"[2]小铁匠张开大嘴就要啃那个萝卜，黑孩以少有的敏捷跳起来，两只细胳膊插进小铁匠的臂弯里，身体悬空一挂，又滑下来，萝卜落在地上，小铁匠对准黑孩的屁股踢了一脚，黑孩一头扎到姑娘的怀里，小石匠大手一托翻，稳稳地托住了他。

同样是描写事物，作者的意趣不同，对事物的处理方式也不一样。在宋人话本小说《闹樊楼多情周胜仙》朱真盗墓时作案的蓑衣，在作者的笔下客观简洁，而莫言笔下的红萝卜则是细腻、浪漫、夸张而恣意，将客观的具象转化为主观的意象。对事物的处理方式很大程度地决定了小说质地。这是十分必要的。但是，最令我们关注的是在故事中断之时，出现的新情节是不是故事之外的漫溢话语。

还是说那个萝卜，带着嗖嗖的风声被小铁匠丢进河里："那个金色红萝卜砸在河面上，水花飞溅起来。萝卜漂了一会，便慢慢沉入水底。在水底下它慢慢滚动着，一层层黄沙很快就掩埋了它。从萝卜砸破的河面上，升腾起沉甸甸的迷雾，凌晨时分，雾积满了河谷，河水在雾下伤感地呜咽着。几只早起的鸭子站在河边，忧悒地盯着滚动着的雾。有一只大胆的鸭子耐不住了，颟顸着朝河里走。"[3]之后是关于鸭子的描写，在鸭子的注视下，走来一个老头，老头的背驼得狠厉害，担子沉重，脖子像天鹅一样伸出来，之后是一个光背赤脚的小黑孩，看到这个孩子，公鸭子跟身边的母鸭子交换了一下眼神，意思是说，上次这个孩子把水桶撞翻滚下河，差点没把麻鸭子砸死。“母鸭子连忙回应：是呀是呀是呀，麻鸭那个讨厌的家伙，天天追着我说下流话，砸死它倒利索……”[4]从单纯性的角度说，鸭子与萝卜的描写均可删掉，莫言不删而显然有其追求。对此，满足于故事的读者可以不读，有雅趣的读者则可以品尝故事之外的独特味道。

与疏离故事的漫溢话语不同，如果说，《水浒传》与《西游记》的漫溢话语镶嵌在情节之间，对故事采取一种若即若离的姿态，而莫言《透明的红萝卜》则是一种夸张的漫溢话语——与故事完全不相干的态度，从人民公社的社员——他们之间的争斗，跨界到水面上争斗的不同颜色的鸭群里去了，虽然二者之间存在一种简单对应的暗喻关系。

【注释】

［1］［2］［3］［4］莫言：《透明的红萝卜》，第180页、180—181页、181—182页、182页。作家出版社，1986年9月。

三　颠覆故事

然而，莫言关于鸭子的夸张的漫溢话语，仍然没有对故事进行干扰，从故事整体性的角度看，依然同《水浒传》与《西游记》中疏离故事的漫溢话语一样，既可以保留也可以删掉，保留与删掉没有本质区别。删掉可以促使情节紧凑，保留则可以氤氲一种话语的意味。山西作家蒋韵的《红色娘子军》则不是这样，在这篇小说中，简单的漫溢话语被演化为一种颠覆策略，将前面的看似中心的故事转化为后面故事的附庸。

我们不妨进行简单分析。小说的开头是："那天，他们三人陪我丈夫游新加坡河。"[1]"我丈夫"是先生，"我"是爱人的妻子，从一个妻子的角度叙述故事。陪先生游览新加坡河的有三个当地人：大黄先生、小黄先生与骆先生，他们都是用华语写作的华人。大黄先生年轻时是一位"愤青"，是被上天指派做领袖级的人物，在大学的学生组织中担任重要职务，主编一份叫“启明”的刊物，“听这名字就知道那应该是一份激进的刊物。”[2]他看上了个一年级的新生，一个花朵般娇嫩的女孩，叫唐美玉，一个小家碧玉式的名字。他们都住公寓，大黄先生住这边楼上，唐美玉住那边楼下。每天夜里，痴情的小女生便煮一碗甜品，到固定的时候，大黄先生从自己的窗口垂下一只拴绳子的竹篮，唐美玉把甜品放在篮子里让大黄先生吊上去享用，如此这般，夜夜如此，朝朝暮暮，又怎是一个情字了得。“他们就用这种方式传达着彼此绵长的想念。”[3]忽然有一天，大黄先生被捉进监狱，唐美玉为了寻找他而精神失常了。每夜都手捧一块芋头糕，寻找垂着竹篮的窗口。当然找不到，最后唐美玉投海自尽了。十一年以后，大黄先生刑满出狱，听到唐美玉的结局时，一夜间就像伍子胥过文昭关彻底白了头。

一天，从中国来了一家芭蕾舞剧团，带来两场节目。一场是古典芭蕾舞选场，一场是《红色娘子军》。看完节目，两位黄先生去喝啤酒。当他们走到路灯下时，大黄先生戛然站住：“手扶着灯柱，慢慢滑下去，一蹲身，然后小黄先生就听到了一声撕心裂肺的、泣血的长嚎。他蹲在地上，嚎啕痛哭。”[4]“入狱、出狱，十一年的监禁岁月，四千多个被海浪吞噬的黑夜，甚至，听到鲜花般的唐美玉蹈海的死讯，他都没有哭过，人人都以为，他骨鲠如铁。”[5]但是看了《红色娘子军》以后他却嚎啕大哭。小说至此结束。如果是这样，也是一篇不错，折射新加坡曾经的时代与曾经激进人物的悲剧。然而，如果是这样，这篇小说也就没有什么可以分析的特殊价值。

这篇小说的特殊价值在于大黄先生故事中间的漫溢话语。在大黄先的故事中镶嵌了一个“我”在“文革”的经历，从而将故事转向，从大黄先生的故事转变为“我”的回忆。“我”原来是听，听小黄先生讲述大黄先生的故事，现在是“我”进入往昔的时光隧道，“我”成为故事的介入者了。“文革”中的一天，“我们”在楼上排练《红色娘子军》中的斗笠舞，突然听到有人喊：“葛华你爸跳楼了!”[6]“我”从窗口向下望，看到一个男人“身体摊成一个‘大’字，脸亲昵地紧贴着土地”，一个小女孩——就是那个死者的女儿：“分开人群冲进来，呆呆地，迟疑了一会，只一小会，突然气壮山河冲着那血泊中的死者‘呸——’地吐了一口唾沫。人群中有人鼓起了掌，还有人喊口号。”[7]那一声“葛华你爸跳楼了”的尖叫，让“我”记住了那个陌生女孩儿的名字，而她向血泊中的亲人啐出那口唾沫，子弹一样射进了“我”尚还柔软的身心。

“我”的《红色娘子军》回忆与大黄先生的悲惨人生经历，泛射出不同的人生经验，是两个国度两个人的不同的故事，唯一相同的是“红”的底色。我的回忆位于大黄先生故事中间靠后的位置，是因为他的故事而起，属于后面的故事，但是在指向上，后面的故事却颠覆了前面的故事，故事在这里发生了变异，也就是漫溢。这是从故事的角度说。从话语的角度，讲述后面故事的话语并不为前面故事服务，易言之，话语在前故事的后面漫溢开来，从而出现了漫溢话语。

由此，使得小说蛹化蝶飞，从而增加了时空变幻与叙事的复杂，在叹息爱情是何等脆弱，命运又是何等不堪的时候，透映出作者的叙事指向。这样的漫溢话语相对疏离故事与夸张的漫溢话语而言，自然深沉繁缛。与莫言不同，蒋韵的《红色娘子军》不是简单的漫溢话语，莫言则相对简单，芟夷后的《透明的红萝卜》可以仍然完整，而《红色娘子军》则不可以，因为“回忆”已经升华为小说的中心，大黄先生的故事其实是为后面漫溢服务的铺垫，小说的实质是指斥“文革”对人性泯灭与亲情的摧残。同样是漫溢话语，运用的方式不同，小说的形态也自然发生了不同的质地变化。《后汉书·孔融传赞》有言：“北海天逸，音情顿挫”，[8]又说：“越俗易惊，孤音少和”，[9]叹息孔融的文章俊逸顿挫，却少有知音。何为“顿挫”？李贤注曰：犹抑扬也。前者为抑，后者为扬，大黄先生的故事为“抑”，我的回忆为“扬”，后面的故事并不是前面故事的附庸，而是飞扬于更高层面的境界，转捩为小说的指涉，从而成为小说的真正主体。

【注释】

［1］［2］［3］［4］［5］［6］［7］蒋韵：《红色娘子军》，第95页、97页、97页、100页、100页、100页、100页。《收获》，2007年第5期。

［8］［9］范晔：《后汉书》，卷一百，第1408页、1408页。许嘉璐主编《二十四史全译》之《后汉书》。汉语大辞典出版社，2004年1月。

四　话语自足

上面分析，话语既可以传达内容也可以疏离故事。话语相对故事只是载体，只要传达了故事内容，便可以登岸舍筏，话语便被抛弃了。反之，话语如果对故事采取一种疏远姿态，我们便称为漫溢话语。就故事角度而言，漫溢话语可以简称为“废话”。不传达故事的话语，只满足话语自身的话语，当然有资格上升为“废话”。在中国古典白话小说中，漫溢话语往往处于故事后面而用于调侃。但是，也有例外。宋代的短篇小说《碾玉观音》，在叙述者在进入故事之前，便引述了三首《鹧鸪天》，分别吟哦孟春、仲春与季春三种景象。

第一首《鹧鸪天》，吟咏孟春，也就是春色萌动之时：

山色晴岚景物佳，煖烘回雁起平沙。东郊渐觉花供眼，南陌依稀草吐芽。　堤上柳，未藏鸦，寻芳趁步到山家。垄头几树红梅落，红杏枝头未着花。[1]

第二首也是《鹧鸪天》，歌咏仲春的景致：

每日青楼醉梦中，不知城外又春浓。杏花初落疏疏雨，杨柳轻扬淡淡风。　浮画舫，跃青骢，小桥门外绿荫浓。行人不入神仙地，人在珠帘第几重?[2]

第三首还是《鹧鸪天》，感叹春光凋零：

先自春光似酒浓，时听燕语透帘浓。小桥杨柳飘香絮，山寺绯桃散落红。　莺渐老，蝶西东，春柳难觅恨无穷。侵阶草色迷朝雨，满地梨花逐晓风。[3]

之后是王荆公，苏东坡、秦少游，曾两府、邵尧夫、朱希真、苏小妹的诗词，认为春天的归去与不同的物象有关，是春风春雨是蝴蝶是黄莺的啼声，朱希真认为是“也不干黄莺事”，[4]是杜鹃啼得春归去：

杜鹃叫得春归去，物旁啼血尚犹存。庭院日长空悄悄，教人生怕到黄昏。[5]

苏小妹认为“都不干这几件事”，[6]是燕子将春天衔走了，有一首《蝶恋花》词为证：

妾本钱塘江上住，花开花落，不管流年度。燕子衔将春色去，纱窗几度黄梅雨。 斜插犀梳云半吐，檀板轻敲，唱彻《黄金缕》。歌罢彩云无觅处，梦回明月生南浦。[7]

最后，王岩叟全盘否定指出：“也不干风事，也不干雨事，也不干柳絮事，也不干蝴蝶事，也不干黄莺事，也不干杜鹃事，也不干燕子事”，[8]而是时间到了，春天只有三个月，每月三十天，九十天的春光已然度过，春天自然要返回去了：

怨风怨雨两俱非，风雨不来春亦归。
腮边红褪青梅小，口角黄消乳燕飞。
蜀魄健啼花影去，吴蚕强食柘桑希。
直恼春归无觅处，江湖辜负一蓑衣！[9]

在这篇小说的发端之前，为什么要援引如此之多的与春天相关的诗词？作者解释是，因为小说中的一个人物：咸安郡王，“当时怕春归去，将带着许多钧眷游春。”[10]从故事的角度看，这样的解释十分牵强。因为这些春词不涉及情节发展，不是情节变异的元素。但是作者却不避啰唆而娓娓写来，从而渲染一种意趣。当然，这种意趣不是由于故事，而是脱离故事生发的，这种无关故事的意趣，便是漫溢话语。《碾玉观音》的作者之所以敢于如此大幅度地脱离故事征引诗词，原因在于中国传统的小说观念，不是简单地视小说为故事，而是将小说归于诸子百家的范畴，故事存在理由在于它仅仅是一种载体，当话语不需要载体便可以吸引读者时，话语便可以直接登场，从而出现话语自足。

换言之，当着话语不以传达故事为唯一宗旨时，话语被获得了自觉而进入自由国度。进一步，“当着叙述话语完全放弃了传达内容的功能，只沾沾自喜于自身的价值，话语便形成枝蔓而疯长开来，成为闲聊或没有什么意义的扯淡。也可以形成叙事的‘奢华’。”[11] 简之，语语可以既不传达思想，也同样不传达“故事”。话语既是工具又不是工具。当着我们把它视为工具——故事或思想的工具，话语自然只能是载体而难以独立。反之，当着我们不把它视为工具，或者说，故事或思想反而为话语服务，话语便可以生成一种只属于自身的症候，出现话语“漫溢”（生成演化）故事或思想的现象，就故事或思想而言，这样的话语便衍生为毫无价值的“废话”。然而这种“废话”不仅具有独立的审美底蕴，而且是衡量一部小说“文学性”的精准尺度。因为文学是语言的自觉，而漫溢话语则是这种语言自觉的真实的鲜活体现，从而逼近了文学之谓文学的本根之所在。

2016. 5. 26

【注释】

[1] [2] [3] [4] [5] [6] [7] [8] [9] [10]《京本通俗小说》，第1页、1页、1页、2页、2页、2页、2页、3页、3页、3页。上海古籍出版社，1988年2月。

[11] 王彬：《红楼梦叙事》，第220页。人民出版社，2014年6月。

附 录

试论鲁迅第一人称小说的叙述身份与叙述姿态

提　要　散文与小说的区别在于散文是真实的，小说是虚构的。但是，真实与虚构却经常交叉。交叉点往往体现在第一人称叙述者的身上。鲁迅有十三篇以第一人称为叙述者的小说，这些叙述者的身份与心态，经常与作家的经历发生重叠；重叠多的作家，可以视为本色作家。在鲁迅第一人称小说的叙述者中，既有介入故事，也有不介入故事的现象。《狂人日记》采取超叙述者，《孔乙己》采取第二叙述者。

关键词　叙述身份　叙述姿态　本色作家　超叙述者　第二叙述者

鲁迅一生总共创作了三十三篇小说，其中，现代题材的二十五篇，古代题材的八篇。分别收录在《呐喊》、《彷徨》与《故事新编》三部小说集中。

就叙述者而言，古代题材的八篇小说，皆为第三人称。在现代题材的二十五篇小说中，有十二篇是第三人称，十三篇是第一人称。第一人称的小说是：《狂人日记》、《孔乙己》、《一件小事》、《头发的故事》、《故乡》、《阿Q正传》、《兔和猫》、《鸭的喜剧》、《社戏》、《祝福》、《在酒楼上》、《孤独者》与《伤逝》。这些小说，前九篇收于《呐喊》，后四篇收于《彷徨》。其中，鲁迅的，也是中国现代最著名的中、短篇小说：《狂人日记》、《孔乙己》、《阿Q正传》、《祝福》、《伤逝》，均出现第一人称。这是一个有意思的现象。

本文拟从叙述者的角度，对鲁迅第一人称小说中叙述者的社会身份与叙述者的叙述姿态，进行简略探讨。

叙述身份

在鲁迅的第一人称小说里，叙述者的职业有的交代清楚，有的没有交代。属于前者的只有四篇。即：

《孔乙己》。叙述者是一个负责温酒的小伙计；

《在酒楼上》。叙述者曾经在S城学校当过一年教员；

《孤独者》。曾经在山阳做过教员，但到校两个月，得不到一文薪水，连纸烟也节省起来，终于敷衍不到暑假，五月底离开了山阳。

《伤逝》。一位失业的小职员，因为得罪了局长儿子的赌友，在双十节的前一晚，接到解聘通知。

其他九篇，叙述者的职业均不甚了了。但是在这不甚了了中，我们还是可以根据小说中某些话语，对他们的身份进行某种判断。分析如下：

《狂人日记》。在这篇小说中有一则小序，交代故事的来源："某君昆仲，今隐其名，皆余昔日在中学校时良友；分隔多年，消息渐阙。日前偶闻其一大病；适归故乡，迂道往访，则仅晤一人，言病者其弟也。劳君远道来视，然已早愈，赴某地候补矣。”[1]在封建社会，任命某人填补某一个官位的空缺，称“补”。“候补”是指等待填补官吏的空缺。候补者属于准官吏。与这样的人物是好朋友，而且还有往来者其身份或者近似。

《一件小事》。小说这样开头：“我从乡下跑到城里，一转眼已经六年了。期间耳闻目睹的所谓国家大事，算起来也很不少；但在我心里，都不留什么痕迹，倘要我寻出这些事的影响来说，便只是增长了我的坏脾气，——老实说，便是教我一天比一天的看不起人。”[2]不仅耳闻，而且目睹了国家大事，能够介入国家大事的人，应该是进入官员行列里面的人物。

《头发的故事》。叙述者的职业不明。小说中只交代了“我”的一位前辈N在宣统时做过中学的监学，是一个在清代即已经剪掉了辫子的新近人物，与N交往的“我”是什么身份？与前辈或者有相近之处。

《故乡》。其开端是这样的：“我冒了严寒，回到相隔二千余里，别了二十余年的故乡去。”[3]“我”这次来故乡的目的是“专为了别他而来的。我们多年聚族而居的老屋，已经共同卖给别姓了”。[4]小说没有交代我从事什么职业，但是根据闰土称其为老爷，大概是个上等人物。

《阿Q正传》。鲁迅现代题材的小说，语言以凝重著称，但有例外，此篇是其一。原因是，1921年以前，各报都没有副刊，《晨报》在那年的秋冬之交，增加副刊，要求登载在那里的文字读起来轻松。邀请鲁迅写小说，便是这篇《阿Q正传》，因为有约稿的要求，故而，小说的语言诙谐戏谑。可惜，没有关于叙述者的绍介。我们只能通过调笑的口吻，去揣测他的身份，是一个知道陈独秀办《新青年》，胡适之先生有“历史癖与考据癖”[5]的人物。而且，懂得洋文。

《兔和猫》。夜间听到猫的嚎叫，母亲知道“我”对猫素无好感，问：“迅儿！你又在那里打猫了？”[6]“迅儿”身份怎样？根据小说，我们知道“迅儿”先前住会馆，现在住在一所有后进的院子里。这样人物自然不是通过肢体劳动换取生活资料的。

《鸭的喜剧》。俄国的盲诗人爱罗先珂住在仲密家，“我”去访问爱罗先珂，“我”从事什么职业？没有交代。但是与爱罗先珂交往的人，应该是知识分子。

《社戏》。小说有两个叙述者，成年的“我”与少年的“我”。后者的身份很清楚，扫墓之后，随母亲到外祖母家抽空住几天的小孩子，会念“秩秩斯干，幽幽南山”，[7]一个城里的孩子。成年的“我”呢？一个讨厌京戏，能够读日文书，为了湖北的水灾，买募捐戏票的人物。这样人物，当然不是引车卖浆者流。

《祝福》。叙述者是个新近人物。因为，四叔是一个讲理学的老监生，“一见面是寒暄，寒暄之后说我‘胖了’，说我‘胖了’之后即大骂其新党。但我知道，这并非在借题骂我：因为他所骂的还是康有为。”[8]

总结以上诸篇，交代叙述者职业的一个是店员，一个是职员，两个是教员。其他叙述者的职业均不明朗，但在身份上，还是可以大体判定，即：读过书的非底层人物。

与叙述者身份相连的是叙述者的心态，分析起来，有这样几种：

（一）游子心态。

在鲁迅的小说中，第一人称的叙述者时常以游子的姿态出现。《在酒楼上》，开篇便是：

我从北地向东南旅行，绕道访了我的家乡，就到S城。这城离我的故乡不过三十里，坐了小船，小半天可到，我曾在这里的学校里当过一年的教员。深冬雪后，风景凄清，懒散和怀旧的心绪联接起来，我竟暂寓在S城的洛斯旅馆里了；这旅馆是先前所没有的。城圈本不大，寻访了几个以为可以会见的旧同事，一个也不在，早不知散到那里去了；经过学校的门口，也改换了名称和模样，于我很生疏。不到两个时辰，我的意兴早已索然，颇悔此来为多事了。[9]

《故乡》与《祝福》的叙述者，也都采取了游子姿态，与《在酒楼上》的不同是，《故乡》与《祝福》是回到了故乡的游子。《祝福》的游子为什么回到故乡，我们不得而知，但情绪似乎不高，而且，由于和祥林嫂的接触而心绪不宁；《故乡》的游子则是为了告别聚族而居的老屋，心情是悲凉的。

（二）压抑的心态。

这种心态弥散在底层与非底层的叙述者身上。典型的例子是《孔乙己》中的小伙计。从十二岁起，便在咸亨酒店里当伙计，因为样子太傻，怕伺候不了穿长衫的主顾，就在外面做专管温酒的“一种无聊职务”。[10]外面的短衣主顾，虽然容易说话，的唠唠叨叨缠夹不清的也不少：“虽然没有什么失职，但总觉有些单调，有些无聊。掌柜是一副凶脸孔，主顾也没有好声气，教人活泼不得；只有孔乙己到店，才可以笑几声，所以至今还记得。”[11]

同样，《孤独者》，一位曾经在山阳做过教师的人物，他的心境也是压抑的。“我到校两月，得不到一文薪水，只得连烟卷也节省起来。”[12]但是连这样的工作也保不住，而且受到绅士的攻击，“我只好极小心，照例连吸烟卷的烟也谨防飞散。”[13]

《头发的故事》中的 N 在没有推翻清王朝的时候，因为剪掉了辫子，受到社会各类人物的辱骂与攻击，心情压抑，可以理解。民国以后，他的心情依然压抑，原因是，N 的种种理想仍然与现实相悖："改革么，武器在哪里？工读么，工厂在哪里？"[14] N的心态也传染了叙事者"我"。

《伤逝》中的"我"更是笼罩在压抑的氛围里。因为与子君的自由结合而不被旧势力所容，从而使他们的爱巢为黑暗的风雨所摧毁。这就不仅是压抑，而且是极大的悲痛，是"悔恨和悲哀，为子君，为自己"。[15]

（三）仇视猫与反感京剧的心态。

《兔和猫》中，有这样一段叙述：

> 我在全家的口碑上，却的确算一个猫敌。我曾经害过猫，平时也常打猫，尤其是在他们配合的时候。但我之所以打的原因并非因为们配合，是因为他们嚷，嚷到使我睡不着，我以为配合是不必这样大嚷而特嚷的。[16]

所以仇猫是因为它们在闹春时大嚷而特嚷的叫声妨碍"我"的睡觉。而"我"对京剧的反感的原因也和"吵"有关，耳朵里只有"冬冬喤喤的敲打"。[17] 而且剧场条件的恶劣，也使"我"不能适应。

这三种心态，在鲁迅，我们不难寻找到与之相对应的经历与心理。比如，游子心态。鲁迅早年离开家乡，后去日本留学，归国后在北京教育部供职，直到1919年12月29日，把聚族而居的老屋卖掉，举家北上，[18] 才结束了飘离的生活。

再如，压抑的心态。这种心态，始源于鲁迅的幼年，他在《呐喊》自序中，有一段极沉痛的自述："我有四年多，曾经常常，——几乎是每天，出入于质铺和药店里，年纪可是忘却了，总之是药店的柜台正和我一样高，质铺的是比我高一倍，我从一倍高的柜台外送上衣服或首饰去，在侮蔑里接了钱，再到一样高的柜台上给我久病的父亲去买药。……有谁从小康人家而坠入困顿的么，我以为在这途路中，大概可以看见世人的真面目；我要到N进K学堂去了，仿佛是想走异路，逃异地，去寻求别样的人们。"[19]至于仇猫与对京剧的反感，我们也不难在他的散文与杂文之中寻找到例证。[20]

周作人在分析《一件小事》时指：出这篇文章，"当时也并不一定算是小说，假如在后来也就收入杂文集子里算了，当初这《呐喊》还是第一册出版的书，收在这里边，所以一起称为小说。"[21]在新文学运动初期，小说与散文之间的界限并不十分清晰，在其他小说家的创作中，也可以看到类似现象。与《一件小事》近似，《兔和猫》、《鸭的喜剧》、《社戏》，也都近于散文。在《兔和猫》中，母亲称"我"为"迅儿"，这个"迅儿"能否视之为鲁迅？《社戏》中所说看京戏的事情，也都有年代和事实可以印证。至于《鸭的喜剧》更是斑斑可考："我偶而得了闲暇，去访问爱罗先珂君。他一向寓在仲密君的家里"。[22]仲密即周作人。爱罗先珂，是俄国的诗人与童话作家，1921年从日本来到中国，曾经在北京大学、北京世界语专门学校任教，1923 年 4 月回国。在京期间，爱罗先珂客寓在周氏兄弟八道湾 11 号的家中。文中提到的池塘就在后院东侧。对于爱罗先珂，鲁迅极具好感，翻译了他的《桃色的云》和《爱罗先珂童话集》。

如果我们承认这四篇是散文，那么，鲁迅的第一人称小说，则只剩下九篇，如果我们依然认为这四篇散文是小说，则我们不能不承认这样一个叙述现象，即：作家的性格、经历与气质，往往更多地投影于第一人称叙述者，而不是其他人物身上。易而言之，我们在叙述者的身上，可以更真实地感印作家的音容笑貌与行踪心态。散文与小说的区别一般而言在于散文是真实的，小说是虚构的，然而真实与虚构的文体却经常交叉。交叉点往往集中在第一人称叙述者上。在这时候，叙述者与作家的身份重叠了，时常重叠的作家，我们不妨称之为本色作家。对于作家而言，在创作上，保持与自己相同或近似的身份与心态，是一件容易操作的事情。而这种操作通常是在无意识之中进行的。作家的生活既是创作的源泉，也是创作的束缚，作家的生活越丰富，其束缚自然越稀疏，不是作家撰写生活，而是生活撰写作家。因此，作家应该尽最大可能，在深度与广度上参与生活、挖掘生活，从而拓展与提升创作能力。

当然，作家有时候也会把自己的本事转移到叙述者之外——小说之中其他的人物身上，鲁迅也是这样，《孤独者》

中魏连殳装殓祖母的叙述，便是鲁迅自己之事。《在酒楼上》，吕纬甫给早殇的小兄弟迁葬，也是鲁迅本人的经历。[23]这就说明，作家的生活有多么宝贵。有些作家在写完自己生活之后，陷于创作枯竭的原因就在这里。从这个角度说，作家仅仅保持本色是不够的。鲁迅在 1925 年写完《离婚》以后，不再进行现代题材的小说创作，便折射出这个规律的底色。

【注释】

［1］［2］［3］［4］［5］［6］［10］［11］［14］［16］［17］［19］［22］鲁迅：《鲁迅全集》，第一卷，第422页、458页、478页、478页、490页、553页、434页、434页、465页、553页、560页、415页、555页。人民文学出版社，1987年。

［7］《诗经·小雅·斯干》。见《诗经全译》第274页。袁愈荌译诗 唐莫尧注释，贵州人民出版社，1981年6月。

［8］［9］［12］［13］［15］鲁迅：《鲁迅全集》，第二卷，第5页、24页、98页、103页、110页。人民文学出版社，1987年。

［18］根据鲁迅日记，鲁迅的族人将绍兴新宅门卖掉以后，从1919年2月11日起，鲁迅便在北京开始四处看屋，8月19日，买定八道湾11号罗姓宅。同年12月29日鲁迅将母亲、妻子及三弟迁到北京八道湾11号。见《鲁迅全集》第十四卷第374页。

［20］《朝花夕拾》中，鲁迅有一篇《狗·猫·鼠》的散文，谈到仇猫的理由，一是折磨弱者，一是有一副媚态。见《鲁迅全集》第二卷第234页。

鲁迅日记中，有两次看京戏的记载。一次是在1912年6月10日和11日，在天津的丹桂园与天乐园；一次是在1915年1月1日，湖北省赈灾京剧义演，假座北京前门外第一舞台举行，这是鲁迅最后一次观看京戏。在这一天的日记中，鲁迅写到："晚季上来，饭后同至第一舞台观剧，十二时归。"见《鲁迅全集》第十四卷第5页、第149页。

［21］周作人著　止庵编：《关于鲁迅》，第214页。新疆人民出版社，1998年1月。周作人在《一件小事》中分析小说中的S门时，指出"所谓S门当然是北京的宣武门"。鲁迅供职的教育部在宣武门北侧，鲁迅当时住在绍兴会馆，在宣武门南侧，因此，鲁迅上班必定要经过宣武门。而在宣武门外达智桥口，"路西有一个邮政分局，至于巡警分驻所在哪一边，因为多年不到那里去，已经记不清楚了。"

［23］同上，第303—304页、第292—294页。分别见书中的《孤独者》、《迁葬》、《小兄弟》。周作人在《孤独者》一文中写道：小说有一段描写魏连殳给其祖母送殓的情节，虽是小说笔法，但却是鲁迅自己的经历，后来鲁迅的母亲"曾说起过，虽然只是大概，但是那个大概却是与本文所写是一致的。著者在小说及散文上不少自述的部分，却似乎没有写得那么切实的，而且这一段又是很少有人知道的事情，所以正是很值得珍重的材料吧。"《在酒楼上》吕纬甫为小兄弟迁葬事，周作人在《迁葬》中写道："我相信这所写的也是事实"关于迁葬的情形，鲁迅"不曾告诉过人，别人也不曾问过他。大家怕说起来难过。"在《小兄弟》中周作人写道："这乃是著者的四弟，小名春，书名椿寿，字荫轩，是

祖父介孚公给取的，生于清光绪癸巳（一八九三）年六月十三日，卒于戊戌（一八九八）年十一月初八日，所以该是六岁了。本文中说是三岁，这或者是为的说坟里什么都没有了的便利，但也或者故意与幼殇的妹子混作一起，也未可知。”

叙述姿态

第一人称小说，叙述者对于故事，在叙述姿态上可以介入，也可以不介入，其姿态可以采取多种形式。鲁迅的第一人称小说，也是这样。

（一）叙述者不介入故事。

《狂人日记》。小说的序采取了文言，故而叙述者“我”，相应地自称为“余”，他的作用只是发现“狂人”的日记，进行简单的整理：“记中语误，一字不易；惟人名虽皆村人，不为世间所知，无关大体，然亦悉易去。至于书名，则本人愈后所题，不复改也。”[1]

《阿Q正传》。叙述者采取为传主写传记的角度，展开故事。虽然在第一节，“我”对阿Q的姓氏进行种种探索，但始终没有介入阿Q的人生旅途。

（二）叙述者介入故事。

《头发的故事》。小说的主体是N的自述，叙述者“我”只是听N的倾诉。当N发现“我”流露出不愿意听的神气，

“便立刻闭了口”。[2]

《在酒楼上》。“我”是吕纬甫的同学，无意中在酒楼上与他相遇。如同《头发的故事》，“我”也只是倾听他人诉说的人物。只是在这倾听之前糅杂了“我”的游子心态。

有意思的是，这两篇小说的主体，都是“我”眼中的人物在讲故事，而且故事中的人物都是“我”。即：“我”讲述了另一个“我”的故事。

《一件小事》。通过“我”所见的一件事情，赞扬敢于承担责任的洋车夫。“我”只是一位旁观者。

《兔和猫》。如同题目，小说中的主要角色是兔和猫，“我”依然是旁观者，但是，“我”的作用，相对上面的小说，分量重一些，因为“我”准备惩罚被怀疑吃掉兔子的猫。

《鸭的喜剧》。与《兔和猫》叙述者的作用近似。

《孔乙己》。负责温酒的小伙计通过与孔乙己的接触，描述孔乙己——他的历史与现状，以及旁人对孔乙己的冷漠与嘲笑态度。

《祝福》。“我”是一个在旧历年底回到故乡的游子，在准备返回的前一天，遇到祥林嫂，不禁将先前所见所闻的她的半生事迹的断片联络一体。

《孤独者》。“我”与魏连殳“以送敛始，以送敛终。”[3]通过彼此的交往描述述了魏连殳不幸而又怪异的人生。

以上诸篇，叙述者虽然介入故事，但只是引出主要人物的前导，至多是陪衬人物而与下面小说中叙述者深度介入不同，其中：

《故乡》。展示“我”在出售故居时的经历以及与闰土的交往。

《社戏》。成年的“我”讲述幼年“我”的一段经历。叙述者与人物出现叠压现象。

《伤逝》。“我”既是叙述者，又是主要角色。叙述者与人物一体化。与《孔乙己》的叙述者相比，《社戏》与《伤逝》同样是介入，但在介入的程度上，有本质不同。在前者，叙述者与人物，至少是主要人物，是分离的，叙述者只是故事的见证与记录者，这里，叙述者与人物完全重叠。

（三）超叙述者。

上面谈到，《狂人日记》的叙述者在序中自称为“余”，原因是序中采取了文言，与其相对应，叙述者“我”，也只能采取文言中的第一人称。这是一个因素，但只是表层因素。深层的因素是，在这个叙述者“我”之后，还有另外一个以“狂人”面目出现的叙述者“我”：

今天晚上，很好的月光。

我不见他，已是三十多年；今天见了，精神分外爽快。才知道以前的三十多年，全是发昏；然而须十分小心。不然，那赵家的狗，何以看我两眼呢？

我怕得有理。[4]

这个“我”，与“余”是什么关系？

非常明显，“予”处于高层次，“我”处于低层次，“我”是“予”制造出来的。

这样，叙述者分出了层次，叙述也分出层次。

一个叙述者提供另一个叙述者，易于制造叙事真实的假相。提供叙述者的叙述者我们称为超叙述者。超叙述者所在的叙述层，我们相应地称为超叙述层。

这类小说，一般采取发现手稿的形式。简单地说，叙述者“我”发现了一份手稿，把这份手稿公布出来，而小说的手稿是主体。

《狂人日记》便采取了这种超叙述者的叙述方式。

与《狂人日记》叙述方式近似的是《阿Q正传》，在这篇小说的第一节，叙述者“我”是一个为阿Q写传的人，与“余”的身份相当，都是不介入故事，而且都在第一节之后隐退，把叙述的职责交给他人。《狂人日记》是交给日记的作者，一个狂人，通过狂人自述的形式，展开文本的主体，从“余”变成了“我”；《阿Q正传》也是叙述者“我”，在进入第一节之后隐退，把文本的叙述权交给第三者，而且同“余”一样，从此不再出现。这样的叙述姿态，制造了客观、冷静的风格。

《祝福》则略有不同。先是，叙述者“我”在引出祥林嫂之后立即隐退，将叙述的权力，交给他人。他人的叙述可以细分为三个部分。即：不知名者的叙述、卫老婆子的叙述与祥林嫂的自述。这三部分，叙述与自述共同构成小说主体。

但是，在小说的结尾，叙述者“我”又返身出现：

> 我给那些因为在近旁而极响的爆竹声惊醒，看见豆一般大的黄色的灯火光，接着又听得毕毕剥剥的鞭炮，是四叔家正在“祝福”了；知道已是五更将近时候。我在朦胧中，又隐约听到远处的爆竹声连绵不断，似乎合成一天音响的浓云，夹着团团飞舞的雪花，拥抱了全市镇。我在这繁响的拥抱中，也懒散而且舒适，从白天以至初夜的疑虑，全给祝福的空气一扫而空了，只觉得天地圣众歆享了牲礼和香烟，都醉醺醺的在空中蹒顸，豫备给鲁镇的人们以无限的幸福。[5]

在这段结尾的文字中，我们不难体会到文字背后的内涵，感悟到“幸福”之后的延伸。叙述者之所以采取这种：出现——隐退——出现的复杂形式，无非是再次申明叙述者的一种态度，在这一点，《故乡》与《社戏》与之近似，都是在结尾处点明要旨。这样，小说便出现了曲折，在迟疑之中蜿蜒进展，而这种叙述手法，相对《狂人日记》与《阿Q正传》，自然要繁复许多。

1919年4月，鲁迅在《新青年》第六卷第四号发表了短篇小说《孔乙己》。小说中的叙述者是一个负责温酒的小伙计，通过他的角度，刻画了一个穷困潦倒的被旧制度所摧残的知识分子形象。在当时，毋庸说，小说的题旨是深刻的，时至今日，也弥漫着恒久的艺术魅力。问题是，小伙计是一个文化水准低下之人，而《孔乙己》的文本则典雅、深刻，小伙计怎么能够创作出这样的文本呢？换而言之，小伙计的叙事不可靠，至少在语言的修养上是不可靠的：

有的叫道，“孔乙己，你脸上又添上新伤疤了！”他不回答，对柜里说，“温两碗酒，要一碟茴香豆。”便排出九文大钱。他们又故意的高声嚷道：“你一定又偷了人家东西了！”孔乙己睁大眼睛说，“你怎么这样凭空污人清白……”“什么清白？我前天亲眼见你偷了何家的书，吊着打。”孔乙己睁便涨红了脸，额上的青筋条条绽出，争辩道，“窃书不能算偷……窃书！……读书人的事，能算偷么？”接着便是难懂的话，什么“君子固穷”，什么“者乎”之类，引得众人都哄笑起来：店内外充满了快活的空气。

有几回，邻舍孩子听得笑声，也赶热闹，围住了孔乙己。他便给他们茴香豆吃，一人一颗。孩子吃完豆，仍然不散，眼睛都望着碟子。孔乙己着了慌，伸开五指将碟子罩住，弯下腰去说道，“不多了，我已经不多了。”直起身又看一看豆，自己摇头说，“不多不多！多乎哉？不多也。”于是这一群孩子都在笑声里走了。[5]

“排出九文大钱”这一经典式细节与“多乎哉？不多也”孔乙己式的独特话语，当然超出了小伙计的叙事能力，从而使细心的读者难免不陷入疑惑的困境。读者有理由怀疑小伙计没有这样的叙事能力，他的叙事只不过是一种叙述姿态而已，其背后必然有另外一个叙述者，这个叙述者我们称为第二叙述者。

在小说创作中，当着叙述者是一个没有文化，或者文化水平不高的人物的时候，往往会出现这种叙述上的矛盾。比如，19 世纪美国作家麦尔维尔的长篇小说《白鲸》。叙述者伊斯玛埃尔也采取了第一人称，伊斯玛埃尔是一个水手，一个文化不高的人，然而他的叙述，却颇有教养。他的背后肯定也有一位第二叙述者。

在鲁迅的小说中，《孔乙己》是唯一的一篇选择底层人物作为叙述者的文本，但是却出现了不可靠的叙述现象，其原因发人深省，当然也使读者生疑，可是虽然如此，读者在意识到这个问题之后，依然接受文本的原因在于小说是一门综合艺术。因为除叙述者外，在小说中还有许多其他因素，诸如：形象、细节、语言，主题，风格、品位、地域，等等。简之，是小说的整体文本，而不仅仅是单纯的叙述者，更多的是故事与人物以及其他因素。

小说的构成因素很多，叙述者身份的可靠与否只是一个因素，不是唯一的决定的因素。因为，说到底，叙述者只是叙述策略而已。

从这个角度，小伙计作为叙述者的不可靠性，并不影响《孔乙己》作为中国现代经典小说的文本价值。而且，恰恰由于第二叙述者的出现，反而给阅读与研究提供了耐人寻思的空间。

2003. 5. 2

2016. 9. 3，改定

【注释】

［1］［2］［4］鲁迅：《鲁迅全集》，第一卷，第 422 页、465 页、422 页。人民文学出版社，1987 年。

［3］［5］鲁迅：《鲁迅全集》，第二卷，第 86 页、21 页。人民文学出版社，1987 年。

试论鲁迅与北京四合院的建筑布局与文化内涵

提　要　1912年，鲁迅从南京来到北京，至教育部任职。1926年，鲁迅离京去厦门大学任教。鲁迅在北京生活了十四年，从一名公务员成长为伟大的作家。鲁迅在北京长期居所有四处，其中两处是四合院。鲁迅居住的四合院有哪些特征，留下了那些鲁迅的独特印记，从而折射出鲁迅其时的境况、心态与意趣，是一个应该关注的话题。

关键词　倒座　北房　厢房　后罩房　后院　明间　老虎尾巴　花木

1912 年，鲁迅从南京来到北京，至教育部任职。1926 年，鲁迅离京去厦门大学任教。鲁迅在北京生活了十四年，从一名公务员成长为伟大作家。

在北京，鲁迅长期住过四处地方：一是南半截的绍兴会馆、一是八道湾 11 号、一是砖塔胡同 61 号、一是宫门口西三条 21 号。这四个地方，一处是会馆，一处是三合院，两处是四合院，鲁迅居住过的四合院有哪些特征，或者说留下了鲁迅的哪些印痕，而这些印痕折射出哪些鲁迅其时的境况与意趣，是一个值得关注的话题。

一

1912年5月5日晚，鲁迅来到北京，住进宣武门外骡马市“长发店”（客栈）。第二天，移入南半截胡同里面的绍兴会馆。绍兴会馆又名绍兴县馆，原是山阴与会稽两县的会馆，称“山阴会稽两邑会馆”，由著名学者章学诚于清道光六年（1826）创建，宣统年间废除府制，两县合为一县，统名绍兴，会馆也由是改称。绍兴会馆的主体建筑是仰蕺堂，[1]供奉着自汉代以来越中240位先贤的牌位。在仰蕺堂的门口悬挂着清人李慈铭撰写的一副楹联，称颂绍兴一带的山川形胜与人文翘楚：

溯君子六千人，自教演富中，醪水脂舟，魁奇代育，乃谢氏传，贺氏赞，虞公典录，钟离后贤，暨孙问王赋以来，接迹至熙朝，东箭南璆，三管毫耑长五色；

表镇山一十道，更瑞图王会，箦金盦玉，钟毓尤灵，况浙名江，镜名湖，宛委洞天，桐柏仙室，应婺宿斗维而起，翘英便中国，殊科合辙，一堂辇下拱千秋。[2]

鲁迅的祖父周福清进京时亦曾经在这里居住。然而，在会馆中的什么地方，难以稽考了。鲁迅先是住会馆中的藤花馆，后来迁徙到补树书屋。鲁迅在1916年5月6日的日记这样记载："下午以避喧移入补树书屋。"[3]"避喧"，就是逃避喧闹，鲁迅在1912年9月18日的日记这样写道："夜邻室有闽客大哗"[4]，过了几日闽客又来，"至夜半犹大嗥如野犬"[5]，搅动清宁使人难以入眠，因此要迁居。在补树书屋鲁迅创作的小说《狂人日记》，是中国现代文学的发轫之作。1917年4月1日，周作人也来到北京，经鲁迅向蔡元培推荐至北京大学任教，也住进补树书屋。

为了将在绍兴的母亲与家人迁至北京，鲁迅决定在京购房，从1919年2月到7月之间，鲁迅四处奔走，最终选定了八道湾11号。12月29日，鲁迅全家搬进八道湾。1923年7月，鲁迅与周作人兄弟失和，8月携朱安离开八道湾，暂居于砖塔胡同61号。九个月以后鲁迅再次觅屋，购买了宫门口西三条21号，1924年5月入住，1926年8月离开北京赴厦门大学任教。

总结鲁迅在北京长期居住过的四处寓所，绍兴会馆、八道湾11号、砖塔胡同61号与宫门口西三条21号，就院落的形态而言，第一处是会馆，第三处是三合院，第二与第四处是四合院。鲁迅住过的四合院与北京的四合院有什么关系？或者说与北京的四合院有哪些共性，又有哪些特殊之处呢？

【注释】

[1] 绍兴会馆位于今西城区南半截胡同 7 号。有北、中、南三院。南院两进，正房三间半，坐西向东，南侧的半间是穿堂，过穿堂是后院，有正房五间，亦坐西朝东，北侧有两间厢房，原有槐树，即补树书屋。

[2] 转引自萧振鸣：《鲁迅与他的北京》，第 4 页，北京燕山出版社，2015 年 4 月。

[3] [4] [5] 鲁迅：《鲁迅全集》，第十四卷，第 218 页、19 页、19 页。人民文学出版社，1987 年。

二

先说四合院。

简单而言，四合院就是四面都有房子的院子。地域不同，四合院的特点也不尽一致，而北京四合院的特点是：

1. 南北方向，所谓“子山午向”的中轴布局。

正房与倒座位于中轴线上。正房是院子的主体，进深、面宽、架高与内外檐的装修规格都居于首位。正房的列柱是双数，房间是单数，从而保证明间的房门在中轴线上。正房一般是三间。正房两侧有时构筑耳房。耳房的高度低于正房。正房与耳房的总长决定了四合院东西方向的长度。

2. 院门位于院子的东南或者西北位置。

如果院子坐落在胡同的北部，则院门位于东南角；如果院子坐落在胡同的南部，则院门位于西北的位置。在北京，一家一户的居住之所，只有皇宫与王府例外。因为，主人的身份特殊，即使这样，宫门或府门与中轴线也要有几分偏离。当然，寺观的大门也要置于中轴线上，因为那里是“神居”

而非尘世民居。

3. 正房、倒座、两厢都是单层建筑，而且各自独立，互不相连。

正房与倒座，南北相对，两厢的前檐位于正房墀头墙的外侧。正房两侧如果设有耳房，那么耳房的面阔与厢房的进深保持在同一尺度。如果正房的后面还有房屋，那么东面的耳房则作为通道。

4. 正房、倒座、厢房通常采取山墙到顶的硬山样式。一般不在山墙也不在后檐墙开设门窗，门窗均向院内开辟。

5. 北京四合院的庭院一般为正方形。

北京四合院内部的庭院与山西或者陕西窄院中的庭院不同。在长宽的比例上，北京四合院大约是1∶1，山西是1∶2，陕西是1∶3。这就意味，北京四合院的庭院基本是正方形，无论是山西还是陕西，庭院则是长方形的，建筑虽然也是一正两厢，但是东西厢房相互靠拢，把正房部分或者大部分遮住。

北京四合院的构造大体如此。在这个基础上，可以施加新的要素，进行纵向与横向的组合。

新的要素是卡子墙、垂花门、抄手游廊、後罩房。其中，卡子墙位于东西厢房的南侧，卡子墙的中间是垂花门，卡子墙与倒座之间形成第一进院落。卡子墙与正房形成第二进院落，抄手游廊把正房与厢房衔接起来。正房之后是后罩房，二者构成第三进院落。在这类四合院中，第二进是主体，庭院基本呈正方形，第一进与第三进院则是南北短而东西长，呈扁长形状。

三进四合院是典型的四合院。

如果去掉后罩房，把庭院再向后延伸，加盖正房与厢房，则此处的正房与前面的正房形成前堂后寝的格局。如果这进庭院的后面再设置后罩房，则形成四进院落。

从理论上讲，四合院可以进行无限的纵向组合。但是实际上，北京的四合院，受到地理环境的限制，至多是五进。比如，清末协办大学士文煜在帽儿胡同的住宅分东、中、西三路。其中，西路是住宅，分五进。大门位于院子的东南角。进大门是一进院，南侧是七间倒座房。北侧是卡子墙，中间是垂花门。垂花门后是二进院，正房三间，东西厢房各三间，正房与厢房之间用抄手游廊连接。之后是三进院、四进院，正房均为三间，最后是五进院，有十六间后罩房。在横向上，也可以任意组合。但是，同样由于地理环境限制，一般也只是三路，而且并不全部安排住宅，而是根据需要进行处理，仍以文煜的住宅为例，西路是住宅，东路是下房，中路便是北京著名的私家园林“可园”。

三

八道湾11号，也基本如此。具体讲，是这样的格局：

1. 院子在八道湾胡同北侧，中轴线布局，坐北朝南。

2. 院门在院子的东南角。

3. 在院落的南侧有九间倒座房。

4. 倒座北侧是一道卡子墙。卡子墙中间辟们，卡子墙与倒座构成第一进院子。

5. 卡子墙之后是第二进院子，有北房，即正房三间，东西厢房各三间。

6. 北房后身是九间后罩房。二者形成第三进院子，也就是后院。周作人与周建人家眷住在第三进院子里，兄弟失和以后，周作人在信中告诫鲁迅："以后请不要再到后边院子里来"，[1]便是指此。

这些特点完全符合北京四合院的模式。

不同之处是：

1. 11号前面尚有一座院子。这座院子不妨称为外院。外院的东南角是一座直棱车门，其上构花砖女墙，下设礓䃰。

2. 卡子墙中间未设垂花门，只有一个通道；同样在一进院的东南角也没有构筑大门，只是把倒座房的第七间辟为通道；正房与厢房之间没有抄手游廊，而是构筑了抄手形状的短墙，其上辟通道，以便正院与后院往来。又在正房北山墙与西侧院墙之间加筑一道短墙，其上亦辟通道，与后罩房西侧的屋门基本相对。通过两道短墙使得后院基本处于封闭状态。

3. 正院，也就是二进院，庭院十分宽阔，鲁迅的老友许寿裳说这里简直可以开运动会。同样，三进院也十分开阔，不像一般四合院那样狭窄扁长。与普通的四合院相比较，11号的庭院面积与房屋规模在比例上显然失调，简而言之是庭院大而房屋小。为什么会是这样？后文分析，而为什么要买这样一座大宅则和鲁迅有关。原因是鲁迅考虑到两个兄弟都有孩子，需要较大的玩耍的场地。

4. 明间背后接出一座灰棚，为了便于采光，安装了颇大的玻璃窗。灰棚里面设有一具鲁迅睡觉的木炕。西三条21号的明间后面也筑有这样的灰棚，鲁迅称老虎尾巴。这里，当然也是老虎尾巴。鲁迅与朱安琴瑟异趣，即便生活在同一屋檐之下也处于分居状态。有一次，鲁迅的母亲埋怨朱安没有孩子，朱安说，大先生都不和为我说话，怎么会有孩子呢？

北京四合院里的房屋，讲究者既有前廊也有后厦，这条老虎尾巴可以说是鲁迅对后厦改造后的简易变种吧！

5. 东西厢房的北侧山墙各辟一门。在北京，一般不在山墙上辟门，这里是特例。因为是在北边的山墙上辟门，故而房门的朝向必然是后院。

20 世纪 40 年代，周作人对八道湾进行改造，将正房东西两侧各加半间，也就是各增加了半间稍间。两稍间合为一间，正房实为四间。然而，北京的四合院，正房不可以出现四间，因此采取四破五的做法。同时把厢房进深加宽，由是墀头墙与正房的墀头墙有所交集。

根据有关史料，11 号占地四亩，在北京，标准四合院占地“五八丈”，也就是 40 平方丈，约当 443.56 平方米，0.67 亩，两相比较，11 号是它的六倍，可谓大宅。八道湾是一条曲折小巷，却出现了这样占地宽阔的大宅，是否有历史原因呢?

【注释】

［1］转引自黄乔生：《八道湾十一号》，第138页。三联出版社，2015年6月。

四

八道湾一带，在明代是内府供应库外库的所在地，其南面的“前供应胡同”与东面的“后供应胡同”，均是由此演变而来。供应库是明代内府二十四衙门之一，根据刘若愚《明宫史》记载，这个衙门主要负责皇城与山陵等处内官的粮米供应，此外还设有油库、蜡库，“凡御用白蜡、黄腊、沉香等香，皆取办于此库。”[1]这是一个重要岗位，“非九重依畀最有宠眷者不得掌也。”[2]虽然皇帝重视这个位置，但在这个位置上的掌印者却良莠不齐，神宗时有一个叫张明的内官做掌印，引起内官们的愤怒。按照标准每一名内官的月供是四斗米，张明不仅把好米换成坏米，甚至克扣斤两只给三斗半。“宫中各长街设有路灯”，[3]每至夜晚，“内府库监工添油点灯，以便巡看关防”，[4]然而到了魏忠贤擅政的时代，便把这个事废除了，以便他在夜间出行，而“无敢言者”。[5]供应库的衙署在皇城内东北，今天的纳福（原称内府）胡同里，“厅前悬木鱼一尾，长可三尺许，以示有余粮之意。”[6]

大厅后面的仓库上安放着一只“瓦鸽子，相传已久，不知何所取意也。”[7]刘若愚本是魏党，侥幸漏网以后在羁押期间撰写此书为自己辩解，同时也记述了其时的内廷日常生活与内府执掌，供应库即其中一例，可惜没有留下外库的记述。然而，稽考历史舆地仍旧可以推断，八道湾，很可能是外库里面的一条道路，废弃以后逐渐形成间阎，而11号或者曾是其中的一处院落也未可知。因为这个原因，11号，其前身，并非普通民居故而占地阔大，且庭院宽阔也就可以理解了。

相比之下，鲁迅在北京的最后居所，西三条21号只占地四百余米，即：“五八丈”——一所标准四合院的占地面积，是八道湾11号的六分之一。其中，东南角是院门，小巧的屋宇门镶金边涂黑漆。院门西侧是四间倒座，倒座对面是三间北房，东西厢房各两间，围出一个小巧的正方形庭院。简之，是一处标准四合院。但是也有不同，一是明间背后的老虎尾巴，一是正房背后的后园。前者鲜明地保持着鲁迅的个人印记，后者则流露出鲁迅对故乡的怀念。在绍兴，有模样的院子往往有后园——明清才子佳人小说中公子与小姐私会的后花园吧！在绍兴，鲁迅故居里的后园是百草园，鲁迅外祖母家也有类似后园，只是窄浅不少。根据鲁迅日记，21号原来有六间房屋，鲁迅购买以后，进行了修缮与改建。这些变化自然与鲁迅有关。但是，在院落的主体布局与建筑样式上依旧是北京四合院的模式，表现在房屋的细部也是如此：门枕石、花边瓦、步步锦、支摘窗、帘架、风门、荷花栓斗与荷叶墩，都是地道的北京做法，而让北京人感到熟稔与亲切。

【注释】

［1］［2］［3］［4］［5］［6］［7］［明］刘若愚：《明宫史》，第45—46页。北京古籍出版社，1980年11月。

五

在北京四合院里，北房一般为正房，无论是建筑等级还是尺度，都要大于其他房屋。在尺寸上，明间最大，次间递减。而且同样是次间，在尺寸上也略有差别。东次间大于西次间。所以出现这个差别，是因为中国的传统以“左”为上。这个现象在年代久远的房屋十分显著。晚近的房屋则不甚明显，甚至与明间的尺寸完全一样。明间之所以大于次间，主要原因是，一，这里是中轴线通过的地方；二，这里设有祖堂；三，主人与家人在这里聚会。除夕之夜，慎终追远，在这里举行祭祀祖先的活动。因此，明间又称“祖堂”。当然，房屋繁多的四合院，也可以在另外地方设置祖堂，这里只是就一般而言的四合院通例。次间一般做主人的卧室与个人活动场所。如果主人有长子，则主人住东次间，长子住西次间。主人去世以后，其灵寝要置于明间，而且摆放在中轴线上，也就是所谓的寿终“正寝”。

从风水的角度，北京四合院中不同位置的房屋具有不同的宅卦：

东南四绿 巽 东四宅	南正九紫 离 东四宅	西南二黑 坤 西四宅
东正三碧 震 东四宅	中宫 五黄	西正七赤 兑 西四宅
东北八白 艮 西四宅	北正一白 坎 东四宅	西北六白 乾 西四宅

这就是传统的九宫格。这里不做过多解释，仅从色彩上做些简要分析，而色彩是：白、黑、碧、紫、黄、赤、绿。白是大吉，紫是小吉，绿次之，黑为凶位。吉方宜建正房与院门。但是，如果主人的身份不够，不能够在中轴线上辟门，只能选择东南角，因为那里也是吉地。长辈居住北房，明间设置祖先的牌位的原因也在于此，因为那里是大吉之地。

八道湾 11 号、宫门口三条 21 号，乃至砖塔胡同 61 号，在正房的安排上也是如此。以八道湾 11 号为例，根据周丰二手绘[1]，

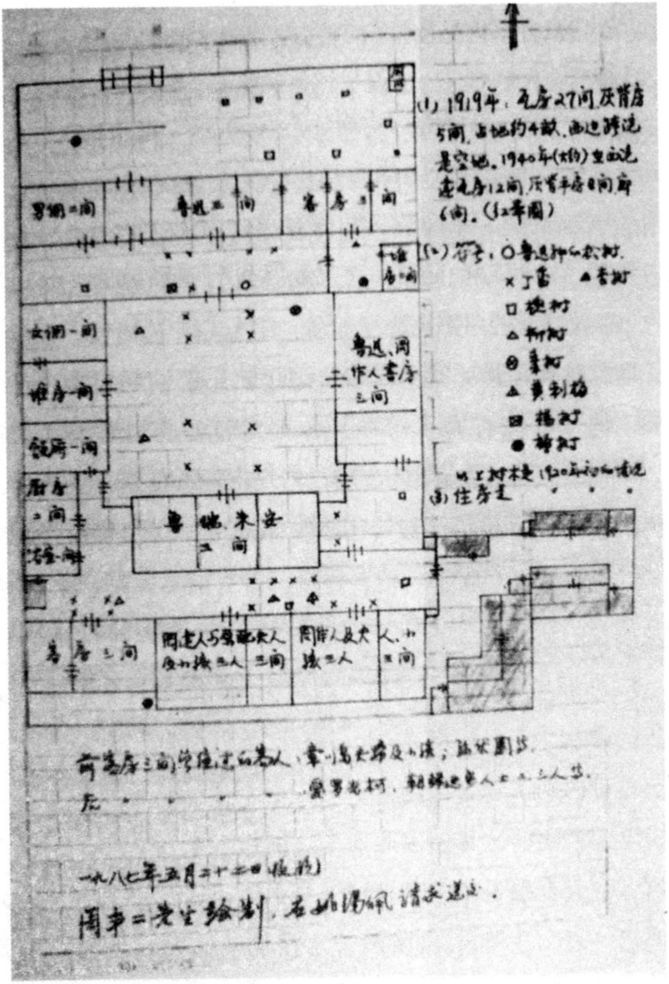

房屋具体分配是这样的：

1. 正房。鲁迅的母亲鲁瑞住东次间，长子鲁迅与妻子朱安住西次间。然而鲁迅与朱安琴瑟不睦，因此在明间后面加筑了一座灰棚。

2. 后罩房。鲁瑞的次子周作人一家住西边三间，三子周建人一家住中间三间。[2]因为这里居住年轻女眷因此在南侧加筑了一段短墙。东面的三间为客房。为此，其南未加筑短墙。1922至1923年俄国盲诗人爱罗先珂曾经在此居住。鲁迅在《鸭的喜剧》中记载，一天，爱罗先珂叹息北京过于寂寞，回忆他的旧游之地缅甸说，那里："遍地是音乐，房里、草间、树上、都有昆虫吟叫，各种声音，成为合奏，很神奇。"而"北京却连蛙鸣也没有。"[3]后来爱罗先珂买了十几只蝌蚪放到他"窗外的院子中央的小池里"，[4]等蝌蚪长大变为青蛙听蛙鸣。"那池的长有三尺，宽有二尺，是仲密所掘，以种荷花的荷池。"[5]仲密，即周作人。

3. 西厢房。鲁迅与周作人的书房。鲁迅搬出以后周作人取名"苦雨斋"。八道湾11号西北高东南低，但是泄水不畅，夏日的雨水经常淤潴到第二进院子里，甚至高过台阶漫进房屋，苦雨斋之称便由此而来。周作人在《苦雨》一文中写道，一天夜雨："好容易到了早上五点钟，赤脚撑伞，跑到西屋一看，果然不出所料，水浸满了全屋，约有一寸深浅，……幸而书籍都没有湿，虽然是没有什么价值的东西，但是湿成一饼一饼的纸糕，也很是不愉快。现今水虽已退，还留下一种涨过大水后的普通的臭味"。[6]

4. 东厢房。南边的一间住女佣、中间的一间做堆房、北边的一间做饭所（饭厅）。上面谈到，东西厢房的北侧山墙上各辟一门，故而门的朝向必然是第三进，也就是后院。因此吃饭必须要穿过东边的门道，换句话说是进入后院。由于这个地理环境，兄弟参商以后，鲁迅不再去后院，自然只能在自己的房子里吃饭了。鲁迅在 1923 年 7 月 14 日的日记中这样写道："是夜始改在自室吃饭，自具一肴，此可记也。"[7]

5. 倒座。西边三间为客房，中间三间为鲁迅所用，著名的《阿 Q 正传》便是在这里创作出来的。东边三间，一间是门道，两间是男佣的住处。

总之，男佣住在第一进院子，女佣住在第二进院子，[8] 长辈与大儿子住正房，其他儿子与年轻女眷住在最后一进院子里，而且与正院之间构筑短墙进行隔离，主人居住的地方甚至修建了两道短墙。北京四合院的建筑格局讲究尊卑次序，所谓北房为尊，两厢次之，杂屋为附，而在居住中强调男女有别，长幼有序，主从分明是中国居住文化的悠久传统，也为鲁迅和他的家人沿袭而没有丝毫变化。

【注释】

［1］转引自黄乔生：《八道湾十一号》，第138页、第306页，三联出版社，2015年6月。

［2］周作人一家有：周作人、羽太信子、周丰一、鞠子与若子；周建人一家：周建人、羽太芳子、静子、周丰二与周丰三。

［3］［4］［5］［7］鲁迅：《鲁迅全集》，第一卷，第555页、556页、556页；第十四卷，第460页。人民文学出版社，1987年。

［6］周作人：《雨天的书》，第6—7页，岳麓书社，1987年7月。

［7］其时周家的男佣有：齐坤（管家）、王鹤招；女佣有李妈、小李妈、看孩子的女仆二三人，此外还有烧饭的大师傅、洋车夫、打杂采购的男仆等。总计不少于9人。见周建人：《鲁迅和周作人》，收于陈子善编《闲话周作人》第2页。浙江文艺出版社，1996年7月。

六

根据周丰二手绘，八道湾11号，鲁迅种植的花木：

1. 外院影壁后面是一株枣树，北边与西边是三株槐树；

2. 一进院，即前院。鲁迅使用的三间倒座，窗下有四株丁香，三间客房阶下是一株杏树，对着男佣住处的门口是一株槐树、卡子墙门道东侧是一株杨树和一株丁香、西侧是一株松树，[1]西边堆房的前边是一株枣树；

3. 二进院，即正院。门道两侧各是两株丁香、北房前面是四株丁香，西厢房窗前南侧是一株枣树，东厢房女佣窗下是一株柳树、饭所窗下也是一株柳树；

4. 三进院，即后院，周作人的“后边院”。北房西山墙下是两株丁香、对面是一株槐树，后山墙下是四株丁香，后罩房主人居住的窗下是三株丁香与两株黄刺梅，客室前面是四株丁香与一株柳树，后山墙东侧是一株桑树，后院西墙下是一株国槐。

计有：枣树3株、槐树6株、杨树1株、松树1株、柳树 3 株、桑树 1 株，杏树 1 株、丁香 26 株、黄刺梅 2 株。总计 44 株。

对此，不妨进行简单分析：

1. 槐树与枣树。在庭院中植种槐树与枣树可以追溯到西周时期。《周礼·地官·大司徒》中记载，社稷坛的四周修筑壝墙，根据土质情况种植不同种类的树，这样的树称社树。不同的社种植不同的树，槐树便是其中之一，《周礼·秋官·朝士》又曰：

朝士：掌建外朝之法。左九棘，孤、卿、大夫位焉，群士在其后；右九棘，公、侯、伯、子、男位焉，群吏在其后；面三槐，三公位焉，州长众庶在其后。[2]

棘，即枣树。

上面引文，译为今之普通话大意是：朝士执掌外朝法式。具体是：在外朝的左侧种植九株枣树，用来标明孤、卿与大夫朝见周天子时的位置，刑官之士站在他们的身后；在外朝的右侧也种植九株枣树，用来标明公、侯、伯、子、男的位置，乡遂以及都鄙公邑的官吏站在他们背后；南面则种植三株槐树，用来标明三公的位置，州长与庶民代表站在其后。三公即太师、太傅与太保等三个最高等级的官员。官员的等级不同，朝见周天子时的位置也不一样。在周天子外朝栽种枣树槐树的依据，古人的解释是，枣树木质的颜色赪红，而树枝有刺，取其赤心外刺之意。至于槐树，郑玄的解释是“槐之言怀也，怀来人于此，欲与之谋。”[3]

枣树与槐树一般不栽种在中间的庭院，更不会栽于庭院中心，“有谁看到一进垂花门，当院便是一棵大槐树，或是一棵大枣树呢?”[4]“一般都是种在正房或东、西屋后面，或是大宅门宽大的外院中，种在房后，叫‘围房树’，这是有讲究的。”[5]槐树与枣树使人联想到“槐棘”与“三公槐”，这是公卿大夫的树，是中国传统文化中的嘉木，北京四合院栽种之多的原因就在这里。

八道湾 11 号种有六株槐树，外院三株槐，前院一株，后院两株，都在正房与东西厢房外侧，完全符合北京四合院栽种槐树的地理位置。枣树三株：一株在外院的影壁后面，一株在前院西边，一株在正院西厢南侧窗下——正院边角的位置，也基本符合北京四合院栽种枣树的地理位置。

2. 丁香。丁香属花木，为北京四合院中习见。丁香绽放时，花香四溢，未绽之时，花蕾密布枝头而称丁香结，又称百结。唐宋以来，诗人常以此喻“心结”、“愁结”，将郁结的惆怅之情寄予其中。李璟词《浣溪沙》：“青鸟不传云外信，丁香空结雨中愁。”李商隐诗《代赠》：“芭蕉不展丁香结，同向春风各自愁。”将丁香视为“引愁”之物。戴望舒在《雨巷》中寻找丁香一样的姑娘，也是将丁香喻为愁怨美丽的象征。鲁迅大概对丁香独有钟爱，因此在八道湾栽种了26株丁香，这或者与他的生活境况有关。[6]

然而，北京四合院的庭栽更多的是石榴，“天棚鱼缸石榴树”，天棚用杉篙与席箔构成，夏季搭建在正院之中而用以避暑。由于这个缘故，在正院里不栽种高大乔木而多植灌木或者小乔木，八道湾11号也基本遵循这个原则。石榴树因其花朵颜色艳丽与果实多籽，故而成为北京人的第一选择。

3. 八道湾11号栽种的松树、杨树、桑树在北京四合院中基本见不到。原因是松树与杨树是墓冢里的树种，而桑树之“桑”与“丧”谐音，也为北京人所不喜而避讳。既然是这样，鲁迅为什么要在自家院中栽种这类树木，鲁迅没有解释，周作人在《两株树》中援引《群芳谱》说杨树有二种，一种是白杨，一种是青杨，白杨蒂长两两相对，遇风则簌簌有声，人多植于坟茔之间，因此“大家对于白杨都没有什样好感。为什么呢？这个理由我不大说得清楚，或者因为它老是簌簌的动的缘故罢。听说苏格兰地方有一种传说，耶稣受难时所用的十字架是用白杨木做的，所以白杨自此以后就永远在发抖，大约是知道自己的罪孽深重。但是做钉的铁却似乎不曾因此有什么罪，黑铁这件东西在法术上还总有点位置的，不知何以这样地有幸有不幸。（但吾乡结婚时忌见铁，凡门窗上铰链等悉用红纸糊盖，又似别有缘故。）我承认白杨种在墟墓间的确很好看，然而种在斋前又何尝不好，它那瑟瑟的响声第一有意思。我在前面的院子里种了一棵，每逢夏秋有客来斋夜话的时候，忽闻淅沥声，多疑是雨下，推户出视，这是别种树所没有的佳处。”[7]喜欢白杨叶子的骚动之声，同时也说明他对西洋文化的关注。周氏兄弟虽然后来不睦，但是在兴趣上仍然有相近之处，对杨树的喜爱，或者是其中一例。

1924 年 5 月 25 日，鲁迅从砖塔胡同移居西三条胡同 21 号。次年 4 月 3 日，请“云松阁李庆裕来议种花树”，[8]5 日云松阁来种树，计有：“紫、白丁香各二，碧桃一，花椒、刺梅、榆梅各二，青杨三。”[9]总计 6 种 12 株。其中，刺眉即黄刺玫，榆梅即榆叶梅。丁香位于前院，其余均在后园，碧桃种在正房背后东侧，余者则位于后园北墙下，从西向东依次是：花椒、刺眉、榆梅，这些至今尚在，三株青杨则一株也没有了。相对白杨，青杨的叶子细小，树冠相对低矮，在不大的园子里栽种三株青杨，可见鲁迅的意趣。

与八道湾相比较，西三条栽种的花木，相同的是丁香与黄刺玫，不同的是榆叶梅、碧桃与花椒树。前三种基本见于北京四合院，碧桃少见，花椒只是反映了鲁迅的个人兴趣而已。

1947 年 6 月 28 日，南京《新民报》记者采访朱安，说到院子里的洋桃与樱花。朱安说，鲁迅喜欢的那株樱花被虫子咬坏了，去年才将它砍倒。而“鲁迅亲手植的那株洋桃，高出屋脊，绿叶森森，遮盖住西边的半个院子。”[10]洋桃，在《两地书》中，写作杨桃。关于杨桃，许广平与鲁迅的通信中多次述及。先是，1926 年 9 月 28 日，许广平在信中说广州的天气时常有雨而空气潮湿，但也有好吃的水果，“现时有杨桃，五瓣，横断如星形，色黄绿”。[11]10 月 4 日，鲁迅复信云没见过杨桃，“又不知道是甚么名字，所以也无从买起。”[12]两周以后鲁迅在信中再次提到杨桃说，“很想尝尝杨桃”。[13]西三条院内的洋桃，应是鲁迅 1926 年离开北京以后栽种的。1929 年、1932 年，鲁迅两次从上海返京，或者是发生于这两个时间节点。

分析八道湾 11 号与西三条 21 号，那里的花木，与北京四合院传统相同的是：槐树、枣树、丁香、黄刺玫、榆叶梅与碧桃，不同的是松树、杨树、桑树、柳树、花椒树、樱花与杨桃。如同这两处的建筑布局与居住文化，这里的花木也呈现了两面性，一方面是鲁迅及其家人对传统居住文化的沿袭与坚守，另一方面，那些在北京四合院中难以见到的花木则折射出鲁迅的生命体验、文化倾向与个人意趣，从而开启了认知鲁迅的另一扇隐秘窗口。

2016. 12. 17 改定

【注释】

[1] 据周吉宜先生为笔者手绘，此处的松树应为柏树。

[2] [3]《周礼》，第337页、337页今注②。钱玄等注释，岳麓书社，2001年7月。

[4] [5] 邓云乡：《北京四合院　草木虫鱼》，第79页。河北教育出版社，2004年1月。

[6] 2015年5月15日17：55灵叶　新浪博客《鲁迅故居：小四合院里的幽怨丁香》，其中写到在西三条21号，"鲁迅只住了一年多，朱安却住了二十三年。我想，她应该也经常会站在那两棵丁香树下哀叹吧？哀叹连树都是成双成对，自己却长久地形单影只，看不到希望。鲁迅先生可曾想到，他亲手植下的两棵丁香，会成为朱安漫漫长夜时的寄托？"

[7] 钟叔河选编：《周作人文选》，卷二，第40页。广州出版社，1996年3月。

[8] [9] [11] [12] [13] 鲁迅：《鲁迅全集》，第十四卷，第498页，第541页；第十一卷，第138页、140页、180页。人民文学出版社，1987年。

[10] 转引自乔丽华：《我也是鲁迅的遗物》，第214页。上海社会科学出版社，2009年12月。

试论《红楼梦》中转述语的变异模式

提　要　小说话语包括叙述语与转述语两种形式。转述语有直接话语、间接话语、自由间接话语、自由直接话语与亚自由直接话语。《红楼梦》中除了规范的转述语外，还存在不少变异模式，诸如残缺的直接话语、"如此这般"的间接话语、复杂的自由直接话语与倒装的直接话语等。些变异的转述语模式既使得《红楼梦》的叙事流畅连贯，也为中国当下小说中自由直接话语与亚自由直接话语，提供了有力的、源自历史的支持。

关键词　叙述语　转述语　直接话语　间接话语

讨论小说话语，无非是讨论两种话语类型，即：叙述语与转述语。叙述语属于叙述者，转述语属于文本中的人物。依据从描述到模仿的渐进性等级关系，转述语大致可以分为四种类型：

第一种，直接话语，在转述语之前有主语、谓语和引词（冒号、引号）。引号内出现第一人称。由于引词的作用，转述语与叙述语被分离开来。转述语具有独立性。转述语被人物主体所控制。

第二种，间接话语，转述语之前有主语、谓语，无引词，转述语不出现第一人称，由于谓语的作用，转述语具有相对的独立性，可以被理解为是叙述者对人物话语的模仿。

第三种，自由间接话语，转述语之前无谓语，无引词。转述语失去了独立的姿态，被改造为叙述语的一部分。

第四种，自由直接话语，转述语之前无谓语、无引词，但转述语中出现了第一人称。换言之，人物主体将叙述语改造为转述语。这样的转述语西方学者称为内心独白。

此外，还可以出现第五种类型，即亚自由直接话语，在转述语之前有谓语，有逗号，无引词，在转述语中出现了第一人称。这种亚自由直接话语是我国当下小说中极为流行的模式。

本文以此为基准，对《红楼梦》中的转述语进行简短讨论。

一　残缺的直接话语

众所周知，作为拟话本的中国古典白话小说是从书场演化来的，反映在转述语上，因为没有西式引词标记，故而在转述之前通常要加以“道”或“说”之类的谓语，从而将叙述语与转述语分割开来。但是，也有例外。为了说明这个问题，我们枚举几例。同时，为了更好地进行分析，在下面的引文中，我们摒弃新式标点，而以传统的圈点形式断句。

行者上前。一把揪住道。是什么山。八戒道。是石头山。什么洞。道。是石头洞。什么门。道。是钉钉铁叶门。[1]

这是《西游记》第三十二回孙悟空与猪八戒的一段对话。在“什么洞”与“什么门”之前，既无主语也无表示“说”的谓语。这种在西洋小说中常见的现象，在中国古典小说中却极为少见。道理很简单，因为，在前者有引词而作为疏离标记，后者则无，从而难以将转述语与叙述语分离，故而罕见。当然，也不是罕见到只有孤例。《水浒传》第三十四回，宋江带领花荣、燕顺等人投奔梁山，半路上在一处酒店吃饭。因为宋江带的人多，小二请一个大汉让出大座头改换小座头，那个大汉便是石勇。石勇非但不让，反而焦躁起来，说他天下只让两个人，其他人只做脚下的泥。这两个人是谁呢？

那汉道。一个是沧州横海郡柴世宗的孙子。唤做小旋风柴进柴大官人。宋江暗暗地点头。又问那一个是谁。那汉道。这一个又奢遮。是郓城县押司山东及时雨呼保义宋公明。宋江看了燕顺暗笑。燕顺早把板凳放下了。老爷只除了这两个。便是大宋皇帝也不怕他。[2]

此处，在“老爷只除”之前既无主语也无谓语，金圣叹认为是由于插进了燕顺的动作，是“接上文连说，宋江、燕顺二句，乃夹叙法耳。”[3]《水浒传》第五回，讲述鲁智深斗杀瓦官寺的恶僧与恶道的故事，和尚姓崔，法号道成，绰号“生铁佛”；道人姓丘，排行小乙，绰号“飞天药叉”。鲁智深按照老和尚的指点，来到方丈院：

智深走到面前。那和尚吃了一惊。跳起身来便道。请师兄坐。同吃一盏。智深提着禅杖道。你这两个如何把寺来废了。那和尚便道。师兄请坐。听小僧。智深睁着眼道。你说。你说。说。在先敝寺十分好个去处。[4]

“在先敝寺”之前无人物主体，只有谓语“说”作为转述语的独立标记。虽然同上举既无主语也无谓语仍有区别，但在中国古典白话小说中也还是少见。因为少见，金圣叹批道：“章法奇绝，从古未有。”[5]对于这种转述语的方式，他的解释是：“说字与上听小僧，本是接着成句，智深自气忿忿在一边，夹着你说你说耳。”[6]认为原是一句如同上举石勇所说，转述语被切断了。对这个解释，我总疑心是金圣叹删改之后的自我称赞。因为，在万历袁无涯的刻本中，“在先敝寺”之前有“那和尚便道”，主语与谓语十分完整。

以上所举，均属于转述语残缺。这样的转述语模式在《红楼梦》中也不乏其例，具体的表现是：

（一）缺失主语。

在《红楼梦》第六十一与六十二回中，柳家的女儿五儿被冤枉偷了东西，凤姐听说此事，吩咐平儿把柳家的打四十板子，撵出去，永远不许进二门；五儿也打四十板子，“立刻交给庄子上，或卖或配人。”[7]可是平儿并没有马上处理，经过调查洗清了五儿的冤枉，而那些与柳家的不合之人，听到凤姐的话，十分高兴，立即钻营她负责的厨房工作，结果是竹篮子打水一场空欢喜。书中写道：

那秦显家的好容易等了这个空子钻了来。只兴头了半天。在厨房内正乱接收家伙。米粮。煤炭等物。又查出许多亏空来。说。粳米短了两石。常用米又多支了一个月的。炭也欠着额数。一面又打点送林之孝家的礼。悄悄的备了一篓炭。五百斤木柴。一担粳米在外边。就遣了子侄送入林家去了。又打点送帐房的礼。又预备几样菜蔬请几位同事的人。说。我来了。全仗列位扶持。自今以后。都是一家人了。我有照顾不到的。好歹大家照顾些[8]

“粳米短了两石”与“我来了”之前均无人物主体，只有表示人物说话的动词“说”。当然根据“那秦显家的好容易等了这个空子钻了进来”的语境，“粳米短了两石”之类，可以理解为避免啰唆而对人物主体进行省略，但反映在文本上却造成了转述语的残缺。而“又预备几样菜蔬请几位同事的人。说。我来了。全仗列位扶持。自今以后。都是一家人了。我有照顾不到的。好歹大家照顾些”，当然也可以理解为今之流行的亚自由直接话语，也就是说，在这里出现了第五种转述语形式。

（二）缺失谓语。

在第八十回，薛蟠的妻子夏金桂虐待香菱，辖制薛蟠，气得薛姨妈恼怒交集：

说着。命香菱。收拾了东西。跟我来。一面叫人。去。快叫个人牙子来。多少卖几两银子。拔去肉中刺。眼中钉。大家过太平日子。[9]

依常规，“命香菱”与“一面叫人”之后应该加上“道”或“说”。而这里却统统缺失。在《红楼梦》里之所以出现以这些残缺的直接话语，究其原因，在于作者对书场格局的认知透彻。在书场，说书人在模拟人物说话时只需改变口吻，便可以将叙述语与转述语区分开来，不必非以“道”或“说”作为疏离标志。而多以“道”或“说”作为标记，实则只见于拟书场格局的小说。因为，从书场（口头）到案头（书面），作者没有了改变口吻的可能，便只有另寻标记，这就是中国古典白话小说满篇皆是“道”与“说”的原因。《红楼梦》采取精简的办法，对直接话语进行残缺处理，[4][10]从而呈现出一种对拟书场格局的疏远策略，是应该引起我们注意的。

【注释】

［1］吴承恩:《西游记》，第241页。三秦出版社，1992年4月。

在此回中，八戒与行者对话之前有八戒的一节演习。八戒在演习时是这样说的:“我这回去，见了师父，若问有妖怪，就说有妖怪。他问什么山，我若说是泥捏的，土做的，锡打的，铜铸的，面蒸的，纸糊的，笔画的，他们现说我呆哩，若说这话，一发说呆了;我只说是石头山。他问什么洞，也只说是石头洞。他问什么门，却说是钉钉的铁叶门。他问里边有多远，只说入内有三层。再问门上钉子多少，只说老猪心忙记不真。已编造停当了，哄那弼马温去!”有了这个背景，在上举例中去掉引词，也就可以理解，因为不必担心读者由于引词的缺乏而发生不解。

［2］［3］［4］［5］［6］陈曦钟　侯忠义　鲁玉川　辑校:《水浒传会评本》，第647页、647页、146页、146页、146页。北京大学出版社，1981年12月。

［7］［8］［9］［清］曹雪芹:《红楼梦》，第817页、第823页、第1118页。蔡仪江校注，浙江文艺出版社，1994年2月。

［10］缺少谓语的直接话语，当然是自由直接话语，在这里我们只是从残缺的角度进行讨论。

二　“如此这般”的间接话语

中国古典白话小说的叙述者是显身叙述，即使在进行转述语时也有时采取显身切入的姿态。《醒世恒言》收有一则《勘皮靴单证二郎神》的短篇，这是一则著名的公案小说，讲述一个道人冒充二郎神而奸骗了皇帝的妃子，最后被官府捕获的故事。这个妃子借居在太尉府里，出了这样大不敬的事情，太尉自然难逃干系，慌忙打轿来到蔡太师的府中：

直至书院里。告诉道。如此如此。这般这般。终不成恁地便罢了。也须吃那厮耻笑，不成模样。[1]

谓语后面的“如此如此。这般这般”显然出于叙述者，是间接话语，是太尉向蔡太师讲述事情的经过。在这里，为了避免重复采取了精简模式。这样的模式在《红楼梦》中也不乏其例。第二十三回，大观园里的玉皇庙与达摩庵各有十二个小道士与小沙弥，贾政准备把他们分派到各个庙里去。

不想后街上住的贾芹之母周氏，正盘算着也要到贾政这边某一个大小事务给贾芹，便与凤姐说了。凤姐因见她素日不大拿班作势的，便依允了，而贾琏却准备把这个差事给贾芸，于是二人产生了歧义：

凤姐一把拉住。笑道。你且站住。听我说话。若是别的事我不管。若是为小和尚们的事。好歹依我这么着。如此这般教了一套话。[2]

在此之前，凤姐已经通过王夫人向贾政疏通，不把这些小和尚、小道士分到各庙里，而是把他们集中到家庙铁槛寺，月间不过派一个人拿几两银子去买柴米就完了。贾政同意了这个建议。凤姐对贾琏“如此这般教了一套话”，便是传达了这个意思。而在第六十八回，也出现了“如此这般”的间接话语：

且说贾蓉等正忙着贾珍之事。忽然有人来报信。说。有人告你们。如此如此。这般这般。快作道理。[3]

因为贾琏私娶尤二姐，凤姐唆使二姐原来许配的张华去察院打官司。“如此如此。这般这般”便是此意。这两个例子均将转述语的内容省略，从而消泯了本应出现的间接话语。

应当指出“如此这般”，既可以是对以往事件的省略，也可以是预叙的概括。同样是在《红楼梦》，第六十七回，凤姐在知道贾琏偷娶了尤二姐之后，把所有人都打发出去，一个人坐在屋里“将前事从头至尾细细的盘算多时。”[4]想出了个一计害三贤的狠主意，“自己暗想。须得如此如此方妥。”[5]第二天，凤姐去小花枝巷把尤二姐骗到大观园，指使家人旺儿与张华去察院告状，自己去宁国府撒泼，等等。最后的结果是迫使尤二姐吞金自尽。无论是对以往还是对日后发生的事件，“如此这般”都是将间接话语改造为公式化的模式，而且为了叙述简便，即使在人物说话时，叙述者仍然可以毫不顾忌地介入，以“如此这般”代替间接话语中所应表述的内容。

【注释】

［1］［明］冯梦龙编著：《醒世恒言》，第252页。顾学颉校注，人民文学出版社，1979年8月。

［2］［3］［4］［5］［清］曹雪芹：《红楼梦》，第297页、932页、924页、924页。蔡仪江校注，浙江文艺出版社，1994年2月。

三　直接话语倒装

第二十九回，贾母带宝玉、黛玉、宝钗等人到清虚观打醮，张道士拿着一只盘子，将宝玉项下的通灵玉请下来，“托出去给那些远来的道友并徒子徒孙门见识见识。”[1]待贾母等人游玩以后，张道士又托了盘子上来，把通灵玉还给宝玉，说：“众人托小道的福，见了哥儿的玉，实在可罕，都没什么敬贺之物，这是他们个人传道的法器，都愿为敬贺之礼。”[2]贾母看见一个赤金点翠的麒麟说：“这件东西，好像我看见谁家的孩子也戴着这么一个。”[3]宝钗笑道：“史大妹妹有一个，比这个小些。”[4]宝玉听见史湘云有这样东西，便把这个麒麟揣在怀里。为了这件事，第二天宝玉与黛玉发生了争执，黛玉哭个不停而怯弱不胜：

宝玉见了这般。又自己后悔方才不该同她较证。这会子她这个光景。我又替不了她。心里想着。也由不得滴下泪来。[5]

分析上面引文，“宝玉见了这般。又自己后悔方才不该同她较证。这会子她这个光景”，是出于叙述者的叙述语；“我又替不了她”是宝玉的直接话语；“想”是谓语，而“心里想着”则具有名词意味，与“也由不得滴下泪来”，而成为叙述语的组成部分。由是，这里的直接话语便具有自由直接话语色彩，或者说转化为自由直接话语了。

第三十二回，黛玉去怡红院看望宝玉，恰好史湘云在劝宝玉“学些仕途经济的学问”，[6] 宝玉很不高兴，对史湘云说：“林妹妹从来说过这些混账话不曾？若她也说过这些混账话，我早和她生分了。”[7]

林黛玉听了这话。不觉又喜又惊。又悲又叹。所喜者。果然自己眼力不错。素日认他是个知己。果然是个知己。所惊者。他在人前一片私心称扬于我。其亲热厚密。竟不避嫌疑。所叹者。你既为我之知己。自然我亦可为你之知己矣。既你我为知己。则又何必有金玉之论哉。既有金玉之论，亦该你我有之，则又何必来一宝钗哉。所悲者。父母早逝。虽有铭心刻骨之言。无人为我主张。况近日每觉神思恍惚。病已渐成。医者更云气弱血亏。恐致劳怯之症。你我虽为知己。但恐不能久待。你纵为我知己。奈我命薄何。想到此间。不觉滚下泪来。[8]

也是这样的转述语模式。只是黛玉的直接话语被叙述语切割为所喜者、所惊者、所叹者、所悲者，四个部分，从而将叙述语和转述语融为一体，直至“你纵为我知己。奈我命薄何”之后，才出现了“想到此间”这样的叙述标记，将叙述与转述融为一体，保证了叙述的流畅与连贯，体现了《红楼梦》的叙事风格。

【注释】

［1］［2］［3］［4］［5］［6］［7］［8］［清］曹雪芹：《红楼梦》，第 384 页、385 页、386 页、386 页、390 页、418 页、418 页、419 页。蔡仪江校注，浙江文艺出版社，1994 年 2 月。

四　复杂的自由直接话语

在第四十六回，贾母的长子贾赦看上了母亲身边的大丫鬟鸳鸯，让他的老婆邢夫人去向贾母要。邢夫人把凤姐找来商议。凤姐劝邢夫人不要碰这个钉子："老太太离了鸳鸯，饭也吃不下去的，哪里就舍得了？"[1]况且对贾赦印象不好，平日闲话，老太太常说老爷如今上了年纪"作什么左一个小老婆右一个小老婆放在屋里？没的耽误了人家。"[2]凤姐既然不肯对贾母说贾赦想纳鸳鸯为妾，邢夫人也没有办法，只好自己和鸳鸯说。鸳鸯听了不说话，邢夫人认为是害羞，便说："这又什么臊处？你又不用说，只跟着我就是了。"[3]鸳鸯的嫂子知道以后，向鸳鸯道喜。鸳鸯照她嫂子脸上下死劲啐了一口。他嫂子自觉没趣，赌气走开了。贾赦知道以后，把鸳鸯的哥嫂找来，恐吓一番。第二天鸳鸯假装同意嫁给贾赦，对她的哥嫂说："我便愿意去，也须得你们带了我回声老太太去。"[4]她哥嫂听了喜之不胜，以为鸳鸯回心转意了：

(鸳鸯)拉了她嫂子到贾母跟前跪下。一行哭。一行说。把邢夫人怎么来说。园子里她嫂子又如何说。今儿她哥哥又如何说。因为不依。方才大老爷索性说我恋着宝玉。不然要等着往外聘。我到天上。这一辈子也跳不出他的手心去。终究要报仇。我是横了心的。当着众人在这里。我这一辈子莫说是宝玉。便是宝金。宝银。宝天王。宝皇帝。横竖不嫁人就完了。[5]

“一行哭,一行说”中的“说”是谓语,之后是间接话语,“大老爷索性说我恋着宝玉。不然要等着往外聘”,等等是直接话语。其间没有任何过渡,叙述者突然改变身份,从叙述者的口吻转变为人物的直接声音。这种从间接话语到直接话语的转变,自然出现了自由直接话语。而这样的自由直接话语,将间接话语与直接话语结合起来,是一种较为复杂的自由直接话语形式,然而,还有更为复杂的变异。

凤姐儿知道邢夫人禀性愚犟。只知承顺贾赦以自保。次则婪取财货为自得。家下一应大小事务俱由贾赦摆布。凡出入银钱事务。一经她手。便克啬异常。以贾赦浪费为名。须得我就中俭省。方可偿补。儿女奴仆。一人不靠。一言不听的。如今又听邢夫人如此的话。便知她又弄左性。劝了也不中用。连忙陪笑道。太太这话说得极是。[6]

在有关凤姐的思索里，出现的直接话语，非凤姐的，而是邢夫人的："须得我就中俭省。方可偿补"，即在有关凤姐的叙述语中，切入了邢夫人的直接话语。因此可以视为变异。而这个变异，表明作者对转述语的控制能力，不仅可以通过讲述形式，而且可以通过人物主体（此处的凤姐）模仿另一位人物主体的声音（此处的邢夫人）。何以在《红楼梦》中频繁出现这些复杂的转述语模式，究其原因，我以为仍然同拟书场格局有关。既然书场之中的说书人可以随意改变口吻，模仿不同人物说话，那么小说为什么不可以呢？在书场中说书人是叙述者，在小说中，作者是叙述者，二者均采取了以讲述为主的叙述模式。在这样的模式中，叙述者相对小说中的人物处于主导作用。然而，在必要之时，当着转述语发生变异之时，便出现了自由直接话语，从而造成了叙述语与转述语的合流，保证了叙述流畅与叙事特色，而这样的合流，既避免了读者在两种话语之间跳来跳去的阅读苦恼，使得《红楼梦》呈现出一种独特的异彩，而且为今天的中国小说创作，自由直接话语与亚自由直接话语，提供了源于历史、疏瀹心灵、叙事灵通的有力支持。

2013.5.15

【注释】

[1][2][3][4][5][6][清]曹雪芹:《红楼梦》,第593页、593页、597页、604页、604—605页、593页。蔡仪江校注,浙江文艺出版社,1994年2月。

后　记

我从2000年开始写作此书，至今已有十六年了，回想起来颇多感慨。其中的寂寞与艰辛，只有作者自己知道，正所谓如鱼饮水，冷暖自知。

此书得以出版应该感谢中国作家协会的李敬泽、胡平先生，何向阳与赵宁女士，没有他们的支持，此书难以出版。同时应该感谢人民出版社的孙兴民先生，赖于他的筹划与运作，此书才得以顺利面世。

总之，由于这些朋友的帮助，使我在寂寞中感到温暖，是应该郑重致谢的。

2016.12.28

责任编辑:孙兴民　冯　瑶
装帧设计:徐　晖
责任校对:张　彦

图书在版编目(CIP)数据

从文本到叙事/王彬 著. —北京:人民出版社,2017.5
ISBN 978－7－01－017635－2

Ⅰ.①从…　Ⅱ.①王…　Ⅲ.①小说研究-世界　Ⅳ.①I106.4

中国版本图书馆 CIP 数据核字(2017)第 094974 号

从文本到叙事

CONG WENBEN DAO XUSHI

王　彬　著

人民出版社 出版发行
(100706　北京市东城区隆福寺街 99 号)

保定市北方胶印有限公司印刷　新华书店经销

2017 年 5 月第 1 版　2017 年 5 月北京第 1 次印刷
开本:880 毫米×1230 毫米 1/32　印张:11.75
字数:213 千字

ISBN 978－7－01－017635－2　定价:48.00 元

邮购地址 100706　北京市东城区隆福寺街 99 号
人民东方图书销售中心　电话 (010)65250042　65289539